nach wörteralgen taucht der dichter

nach wörteralgen taucht der dichter

Lyrik aus vier Jahrzehnten

ausgewählt von
Astrid Wintersberger und
Günther Eisenhuber

Residenz Verlag

www.residenzverlag.at

Residenz Verlag – St. Pölten und Salzburg

Druck und Bindung:
Ueberreuter Buchproduktion, Korneuburg
ISBN 3-7017-1388-X

Wallace Stevens

Ein Gedicht ist ein Fasan.

Ljubomir Nikolov

Das Gedicht ist ein Fuchs.

Wallace Stevens

Dichtung ist ein Fasan, der im
Unterholz verschwindet.

Gedichte. Gedichte!

Gedichte! Gedichte.

Nie, noch, mal, jetzt, oft
und immer!

Nie, noch, mal, jetzt, oft
und immer
heuer, manchmal, nimmer.
Und immer. Wähle darunter; du wählst falsch.

Friedrich Achleitner

wos
na
ge

ge
na
wos

na
wos
ge

ge
wos
na

wos
ge
na

na
ge
wos

waon i
a hejd wa

sogaddn dlaid zu mia
du hejd

do bi i liawa
koan

Friedrich Achleitner

koa aonung
von
duddn und blosn

owa

a nosn
a nosn

middn im gsichd

Der Schlaf: Stunden, Säkula, sich kreuzend
Als Augenblicke von Moos und Flechten
Zwischen den Steinen, und immer oberhalb der Aschen.
Sumpfland, Schilfrohrgatter vor dem
Östlichen und tausendjährigen Verdämmern, der
Ganze Horizont aus Reitern ohne Zahl und aus
Glänzenden Käfern rund um weißliche
Neugeborene sich tummelnd wie Kaulquappen, um
Für immer die Stämme der Töpfer, der Marmorschneider
Und der Poeten zu dezimieren.

Dimitri Analis

Seefahrt

Weißt du überhaupt was eine Besatzung ist?

Allnächtlich wieder, mit den Sternen, überzieht
Unsre Lippen der herbe Geschmack des Salzes

Ein Schlaf zu voll von Farben
Und der Morgen der alle die Bilder entleert.

Männer verjagt von anderen
Zum Öffnen der Arme der Welt.

Dimitri Analis

DER TRAUM und seine Instrumente
Öffnen sich, manchesmal, hin zur Wirklichkeit
Und die Wirklichkeit mit ihren Gegenständen
Schöpft oft im Traum.
Ist das Wort Wahrheit, ist es
Aber auch Wirklichkeit?

Stürzen hin die Kadaver der Ideen
Und lang davor jene der Menschen
(Mit den Ideen trübt der Horizont sich ein,
Alles läuft zu auf den Schiffbruch) oft
Heißt es zu segeln mit einem anderen Blick
Damit die Worte nicht wirkungslos sind.

H. C. Artmann

IN DIE tiefe seines bauches
nach wörteralgen taucht der dichter
am weißen strand des papieres
spreitet er sie zum trocknen aus:
es wird gebeten das seegras nicht
vor seiner zeit zu wenden   danke

H. C. Artmann

graz:

du hegst keinen zoo
gehst deiner wege
fremd sind dir aras

deine okapis gemsen
rundum natur lacht
hügelland gute hüte

immer vors aug ein
heiteres stück dir
paßt auf der viola

du vererbst paletots
alpestrer plejaden
lohengrine der anmut

lustgarten und oper
bevölkerst du oft
you are never alone

der alk ist dir hold
die sonne plus mond
die zebras der liebe

ob aber die mur ach
dein fräulein spielt
wie beweist du das?

H. C. Artmann

limerick:

verbirgst dich in der freiheit
zeichnest liebe an den himmel
verratenes limerick
blutrinnsal du armes
ich denke an deinen
fluß deine brücken
ein laubgespenst der
so dich nicht hält
im gedächtnis oder
zumindest in händen
es gehet ein regnen
vielmehr aber wind
oder ists die sonne
von gestern von morgen
naive übermittlerin
telegrafendraht du
der briefe versendet
und freundliche küsse
ein hund ein wiedergänger
ein schlafender streuner
der deine geschichte im traum sich vorbellt
bietet dir wärme
limerick du stadt
siehst keine planeten
bist ein stern auf der straße nach westen
eine bogenlampe selbst

H. C. Artmann

WENN FANTÔMAS mit schrägen schatten
diesseits der seine aufersteht,
zur zeit, da sich die uhus gatten,
dann wird das gaslicht angedreht.

aus rosaroten kneipen dröhnen
verschiedene akkordeons,
die dirne darbt mit hungerlöhnen,
des löwen anteil speist herr jones.

an ufern leuchten lasterdschunken,
es kreischt ihr damenarsenal,
und in toiletten erzhalunken
entwerfen einen überfall.

die polizei tut nichts dagegen,
ein gentleman legt maske an,
doch in zivil besteigt verwegen
der bleiche mond die abendbahn.

auf selbstmord sinnt im eiffelturme
ein starkverliebter anarchist,
dieweil nach einem wirbelsturme
ein cirkusmensch sein zelt vermißt.

drei neger lieben eine taube,
sie sträubt sich nicht für gutes geld;
am quai d'orfèvre treu und glaube,
in jedem zimmer harrt ein held.

H. C. Artmann

ein pole schlingt ein dutzend wachteln,
ein nacktes weib auf wolken schwebt,
im tanzsaal seufzen alte schachteln,
der taschendieb nach börsen strebt.

aus der kloake steigen herren
mit manchem einbruchsinstrument,
still ruht die bank, beamte zerren
die gitter vor; ein nachtlicht brennt.

auch saxophone dudeln lüstern,
ein fälscher führt fandango vor,
ein pharao mit pferdenüstern
gibt takt zu einem tuntenchor.

verzeihen sie, gibts noch pomade
um diese späte abendstund?
des lebens bittre schokolade
verklebt mir jedes wort im mund.

H. C. Artmann

HERR ARTMANN kommt auf den vulkan,
den urwald hat er längst verlassen,
steigt stumm zum kraterrand hinan,
sein herze hart wie marzipan,
hans dampf in allen gassen.

der lava abstrom bleiern rinnt,
die fauna null und ohne pflanzen,
auf felseneinöd herrscht der wind,
ergreift, was greifbar, pfeilgeschwind,
läßt shawls und mützen tanzen.

von sulphurhauch die wangen grün,
fast schmelzen fort die gummisohlen,
notiert er subterranes sprühn,
bemerket er der magma glühn,
steht wie auf warmen kohlen.

dies eiland scheint auf feur gebaut,
der boden schwankt auf gasen,
kein geir, kein falk, kein aarenlaut,
kein habichtsnest, so weit man schaut,
nur tiefer flammen rasen.

H. C. Artmann

MYLADY MIT dem blauen hut,
ich finde sie so äußerst chic,
ihr angewandter silberblick,
der fest auf meinem frischen frackhemd ruht,
geht mir wie amors pfeil durchs blut.

die jazzband dudelt im savoy,
man tanzt den english waltz, den fox,
im whisky klirren kühl die rocks,
ich hoff, madame, sie bleiben mir doch treu,
klopf an das stuhlbein, toi, toi, toi!

sie rauben mir perfekt die ruh,
wie klimpern ihre wimpern keck,
madame, ich bin vor liebe weg,
der ober drückt bereits ein auge zu,
mir sinkt das herz bis in die schuh.

ich bin bekannt mit vielen fraun
und mit den meisten kaum per sie,
ein tête-à-tête, ein vis-à-vis,
und mir ist auch schon nimmermehr zu traun,
wenn sie aus schönen augen schaun.

jedoch vor ihnen bin ich scheu,
pardon, ich staune über mich,
das läuft mir förmlich gen den strich,
mir ist das wirklich gar nicht einerlei,
so sie und ich hier im savoy.

H. C. Artmann

mylady mit dem blauen hut,
wie kann denn sowas möglich sein,
trotz curaçao, chartreuse und wein
verlier ich plötzlich meinen ganzen mut
vor ihrer blicke heißer glut.

H. C. Artmann

GANZ VERSTECKT in wildem wein
haust des wieners mütterlein,
schneeweiß weht ihr blondes haar,
weil sie nie beim zahnarzt war.

witwe sein voll müh und plag,
ist kein schöner namenstag,
doch ein gärtlein in stadlau
reicht zum trost der alten frau.

dahlien und rosenkohl
düngt sie dort aufs gratewohl,
stets der braten ihr gelingt,
weil sie wienerlieder singt.

kommt der sohn aus london an,
schafft er sich ein gulasch an,
kommt die tochter aus paris,
findet sie die küche mies.

mutter sein ist gar nicht leicht,
weil dabei die zeit entfleicht;
alle kinder fliegen aus,
mütterlein nur bleibt zuhaus.

H. C. Artmann

orient und akzident
oder
morgen und auch abendlandel
ich im a b c verbandel

alhambren streng nach honig duften
der abendmond knotzt in den luften

die berbermaid liebt bunte blusen
die barfrau lockt mit barem busen

ceuta liegt am mittelmeere
um celle blüht die heidebeere

das dromedar weint datteltränen
der dramenheld rollt mit den zähnen

der emir läßt sich gern hofieren
den emmentaler löcher zieren

fellachen farzen wie fakire
der falstaff ist von schakespire

ein guru braucht brahmanenahnen
die gurke paßt zu sauren sahnen

im harem ist eunuch kein retter
der hase ist des igels vetter

der iblis neckt den wüstenwandrer
zu ilion unkte die kassandra

im jordanfluß die säufer baden
der jodler juchzt alpin geladen

H. C. Artmann

das kroko plantscht im lauen nil
ein krimi ist kein pappenstiel

im libanon manch zeder ächzet
der lüstebold nach zofen lechzet

auf den moscheen aare hocken
zum müßiggang brauchts keine socken

der nabob speiset goldne klöße
der nackedei weist seine blöße

die odaliske schwingt den nabel
herr carl orff die stimmesgabel

der parse adoriert das feuer
pingpong ist nix für ostereier

die quaste ziert des türken fes
der querulante giftelt bös

der rifkabyl im atlas radelt
den räubersmann die beute adelt

der sultan suhlt sich im seraile
die Sülzwurst bebt vor affengeile

den tuareg vermummt ein Schleier
nach toback riecht der oberbayer

ulemas fromme phrasen dreschen
ulanen durch prärien preschen

der vampyr spukt auch in ägypten
das veilchen tröstet den betrübten

H. C. Artmann

meist sind wesire treu ergeben
von weißwurst die bavaren leben

xanadu ist uns märchenferne
franz xaver kackt marillenkerne

nie wischt ein yogi seinen hintern
auf yachten kann man überwintern

zuave prunkt mit roten hosen
zoktobermond mit herbstzeitlosen

John Ashbery

Lichterlöschen

Lieber Geist, welche Zuflucht
im Mittagsgedränge? Ich werde eine Stunde lang
schreiben, dann lesen
was jemand anderer geschrieben hat.

Du hast keine Villa, in der das geschehen kann.
Aber deine Abenteuer sind wie sichere Häuser,
dein Wissen, wo ein Abenteuer anderer Art
zu enden hat, wie das Erfassen des Wetters.

Wir sind ebenfalls in diesen Ort des Geschehens verwickelt,
und wenn wir zusammen dieselbe Phrase sprechen:
»*Wir nahmen immer eins von denen*«,
spielt das dieselbe Rolle wie ein Schuß im Dunkeln.

Einer von uns bleibt zurück.
Einer von uns schreitet auf der Brücke voran
wie auf einem Teppich. Das Leben – es ist wunderbar –
folgt und fällt zurück.

John Ashbery

Hotel Lautréamont

1/
Forschungen haben ergeben, daß Balladen durch das
 Zusammenwirken aller Mitglieder der Gesellschaft
entstanden sind. Sie sind nicht einfach passiert. Da gab
 es kein Herumraten.
Die Leute wußten damals, was sie wollten, und auch,
 wie es zu kriegen war.
Wir sehen die Ergebnisse in so unterschiedlichen Werken
 wie »Windsor Forest« und »The Wife of Usher's Well«.

Indem alle zusammenarbeiteten, sind sie nicht einfach
 passiert. Da gab es kein Herumraten.
Die Hörner des Elfenreichs marschieren vorbei, und in
 ein paar Sekunden
sehen wir die Ergebnisse in so unterschiedlichen Werken
 wie »Windsor Forest« und »The Wife of Usher's Well«
oder, mit etwas modernerem Anstrich, im Finale des
 Violinkonzerts von Sibelius.

Die Hörner des Elfenreichs marschieren vorbei, und in
 ein paar Sekunden
versinkt die uns bekannte Welt, indem sie Geschichten
 für passé erklärt, im Wahnsinn
oder im Finale des Violinkonzerts von Sibelius.
Keine Sorge, viele Hände erleichtern wieder die Arbeit.

Die uns bekannte Welt versinkt, indem sie Geschichten
 für passé erklärt, im Wahnsinn.
Die Entscheidung jedenfalls war mehr als überfällig.
Keine Sorge, viele Hände erleichtern wieder die Arbeit,
darum bleiben wir im Haus. Die Suche war nur ein wei-
 teres Abenteuer.

2/
Die Entscheidung jedenfalls war mehr als überfällig.
Die Leute sind vor Begeisterung außer sich,
darum bleiben wir im Haus. Die Suche war nur ein weiteres Abenteuer
und die Lösung problematisch, auf jeden Fall in weiter Zukunftsferne.

Die Leute sind vor Begeisterung außer sich
dennoch will niemand die Quelle soviel kollektiver Euphorie in Frage stellen,
und die Lösung: problematisch, auf jeden Fall in weiter Zukunftsferne.
Das Saxophon heult, das Martiniglas ist leer.

Dennoch will niemand die Quelle soviel kollektiver Euphorie in Frage stellen.
In schweren Zeiten suchte man beim Schamanen oder Priester Trost und Rat.
Das Saxophon heult, das Martiniglas ist leer,
Und die Nacht senkt sich wie schwarze Schwanendaunen auf die Stadt.

In schweren Zeiten suchte man beim Schamanen oder Priester Trost und Rat,
Jetzt ist es nur den Bereitwilligen bestimmt, den Tod als Lohn zu empfangen,
und die Nacht senkt sich wie schwarze Schwanendaunen auf die Stadt.
Wenn wir abzuhauen versuchten, wäre es von Vorteil, nackt zu sein?

3/

Jetzt ist es nur den Bereitwilligen bestimmt, den Tod als
Lohn zu empfangen.
Kinder schlängeln sich im Hula-Hoop, erträumen eine
Tür nach draußen.
Wenn wir abzuhauen versuchten, wäre es von Vorteil,
nackt zu sein?
Und was ist mit älteren, geringeren Sorgen? Was ist mit
dem Fluß?

Kinder schlängeln sich im Hula-Hoop, erträumen eine
Tür nach draußen,
wenn wir einzig und allein daran denken, wieviel wir
mitnehmen können.
Und was ist mit älteren, geringeren Sorgen? Was ist mit
dem Fluß?
All die riesigen Ungeheuer sind durch das Labyrinth
der Zeit marschiert.

Wenn wir einzig und allein daran denken, wieviel wir
mitnehmen können,
Ist es kein Wunder, daß die Daheimgebliebenen nervös
am kalten Kamin sitzen.
All die riesigen Ungeheuer sind durch das Labyrinth
der Zeit marschiert.
Es liegt an uns, mit *unseren* Leuten zurande zu kommen.

Kein Wunder, daß die Daheimgebliebenen nervös am
kalten Kamin sitzen.
Es war ja immerhin ihr Wunsch, der uns zu Phantasie-
kunststücken anspornte.
Es liegt an uns, mit *unseren* Leuten zurande zu kommen
Und damit der Zeit weitere Geiseln zu rauben.

4/
Es war ja immerhin ihr Wunsch, der uns zu Phantasie-
kunststücken anspornte.
Leise, wie man eine Treppe hochsteigt, treten wir nun
ins Freie hinaus
und rauben damit der Zeit weitere Geiseln,
um die Zurückhaltung zu beenden, mit der die Geschichte
vor langer Zeit begonnen hat.

Leise, wie man eine Treppe hochsteigt, treten wir nun
ins Freie hinaus,
aber es ist verhüllt, verschleiert: Wir müssen irgendeinen
schrecklichen Fehler gemacht haben.
Müssen wir, um die Zurückhaltung zu beenden, mit der
die Geschichte vor langer Zeit begonnen hat,
immer weiter vorandrängen, ins Perverse hinein?

Aber es ist verhüllt, verschleiert: Wir müssen irgendeinen
schrecklichen Fehler gemacht haben.
Du wischst dir deine Stirn mit einer Rose ab, empfiehlst
ihre Dornen.
Müssen wir immer weiter vorandrängen, ins Perverse
hinein?
Nur die Nacht weiß das mit Sicherheit; das Geheimnis
ist bei ihr gut aufgehoben.

Du wischst dir deine Stirn mit einer Rose ab, empfiehlst
ihre Dornen.
Forschungen haben ergeben, daß Balladen durch das
Zusammenwirken aller Mitglieder der Gesellschaft
entstanden sind;
Nur die Nacht weiß das mit Sicherheit. Das Geheimnis
ist bei ihr gut aufgehoben:
Die Leute damals wußten, was sie wollten, und auch,
wie es zu kriegen war.

Rohes Bild

Es ist eine Frage der Höhe, oder der geographischen Breite,
Wahrscheinlich. Ich sehe sie, wie sie ihre Büros verlassen.
Bis um sieben biegen sie dann flott in die Einfahrt ein,
Um den Abend mit gewohnten kleinen Beschäftigungen
    und seltsamen,
Versteckten Vorrichtungen zu verbringen. Authentische
    was? Habe ich gesagt,
Oder wohl eher, hast du gefragt, ob es eine
Erlösung gibt von etwas derartigem? Na klar,
Sagt einer der Jungen, man kann einen Moment
Hinausgehen auf den Flur. Anfälle bringen ein wenig
    Erleichterung
Und antike Aufschreie in die Nacht hinein,
Die zuvor nicht dagewesen ist, nicht in der Art.
Das ist bloß ein Ersatz für die etwas förmlichere,
Ernstere Seite daran. Es gibt hier eine teilweise Ausge-
    wogenheit.
Später protestiert man: Wie sind wir auf die Art
Hierhergekommen, unfähig, die Unterhaltung zu unter-
    brechen?
Und ist es in Ordnung, daß die Kinder
Dem sich neigenden Unkraut lauschen, den kalten Mäusen
Bis zur Morgendämmerung? Jeder Hof hat jetzt seinen
    Baum,
Jedes Herz seinen Erwählten, und nur wir
Wissen nicht, wie wir das Zelt der Nacht belegen sollen,
Damit das, was vorbeigehen muß, auch vorbeigeht.

John Ashbery

Geisterreiter auf dem Mond

Heute würde ich es einfach so lassen, wie es ist.
Den Taschenkamm – »dreckig wie ein Kamm«, sagen
die Franzosen,
wenn auch nicht so dreckig, sicher nicht im spirituellen
Sinn,
auf den manche intuitiv tippen; den Rasierer, der schräg
zur aufgerichteten Zahnbürste liegt, wie ein Alligator, der
sich
an eine *Bajadere* heranpirscht; den einzigartigen Effekt aller
in sich ruhenden, also total verrückten Dinge

ohne Entschuldigungen gegenüber der Welt oder dem
Äther,
und dann das zerbröckelnde Bewußtsein davon, daß Halt
nötig ist. Daß die Stiegenbretter
sich verschwörerisch zusammengetan haben. Daß das
kochende Öl
sich über den Rand seines Gefäßes wölbte und einfach
dasaß.
Daß es keine Entschuldigungen mehr vorzubringen gab, nie
wieder, keine Alibis für die ins Geschäft zurückgesandten
Artikel,
bloß ein Beiseitestehen, ruhig, für immer. Und man kann
erneut
die Hüllen der Dinge bewundern, ohne Voreingenomenheit
oder versteckte Anspielung, und des Kerns mag man sich
auf diskrete Art entledigen – also einfach ausspucken. Derlei

Dinge, wie meine Ausdauer sie in Suchscheinwerferart
herausgreift, haben ebenfalls die Zusatzstrecke hinter
sich, wie Schulkinder, und sie sitzen jetzt
in aufmerksamen Reihen, warten adrett darauf, daß diese

John Ashbery

Wörter die
verwirrten Ecken des Schweigens überfluten. Wir haben
sie immerhin
zusammengetragen wegen ihrer einzigartigen
Interesselosigkeit aneinander und an dem Zirkus,
der uns alle beherbergt, und wegen ihrer Einlösbarkeit –
deswegen also, und wegen ihrer Neigung auseinanderzu-
fallen.

John Ashbery

Eiscreme in Amerika

Alle kriegen wir unseren Teil ab
und dann noch was dazu: die Stolzen mit den Kleinen,
diejenigen, die von der Leinwand gefallen
und stromabwärts wieder aufgetaucht sind.

… vergißt immer ihre Tabletten, dreht sich um, nimmt
welche.
Das Huhn denkt Küken,
der Mann im Mond, Profil: ein Stück
der unverfälschten Handlung.

Wir wachen auf, bewundern den Tag,
lassen unsere Schuhe uns führen, wohin sie wollen.
Das Wetter ist großartig:
ein wirklicher Prachttag.

Füll deine Kappe mit Nüssen.

John Ashbery

Manchmal irgendwo

Und geduldig, ohne Beweise
einzufordern von denen, die ihn kennen,
legt der Dichter sich hin unter dem gewaltigen Himmel
und träumt vom Meer. Denn die Dichtkunst, wird ihm
nun bewußt, ist schlauer als er.

Wohin also, wo dabeisein?
Denn wie das Rotkehlchen ein Nest baut,
so flicht jeder Tag eine Laube aus sich selbst,
um sie der Welt zu schenken. Ich stehe
hier und lausche, aber kein einziges Wort nennt die
    Wahrheit,
wenngleich mehrere dann schon. Und wir werden
Städte, Sonnenuntergänge unseren Wünschen anpassen, O
zufälliger Mandarin, und der purpurrote
Samt des Überflusses beherrsche
eine Zeitlang unsere Träume, und dann werden wir
dem Pfahl zunicken und uns wieder auf den Weg machen.

Der Tag bricht unter seinem Gewicht zusammen.
Und indem du dein Glück darauf gründest,
steigst auch du ein ins Gefecht
der Geister und Drachen und bist auf diese Weise mit
    Taubheit
gesegnet, als der Lärm der Pfiffe
überlebender Frösche ertönt. Hast dein Mittagsessen
    vergessen,
oder? Nein, ich dachte, du hättest eines.
Nein, das war meines.

Wolfgang Bauer

Flucht in die Reinheit

Es verfolgt mich ein Schwarm von Gleichnissen
entfliehen will ich
ihren süßen Dienstbarkeiten
an denen ich mich längst überfressen habe

Ich weiß, daß der Baum ein Lebensbaum ist
das Leben ein Traum
die Seele ein tiefer See
der Tod ein böser Geselle
ich weiß, daß der Himmel ein Zelt ist
das Gesumme der Bienen Musik ist
und jede Wurst zwei Enden hat
daß die Frau eine Göttin
die Wirklichkeit Einbildung
die Wüste eine Leere
der Wald ein Schilderwald
die Stadt ein Häusermeer
die Nacht ein Mantel
die Sonne ein Ball
der Mond eine Sichel ist

Hinaus mit euch, gurrende Metaphern
ich will jetzt dichten:

Unter dem blauen Himmel
sitzt auf einer grünen Wiese
eine wunderschöne Frau
in der Hand einen Strauß Margeriten
ihr Kleid ist blau.

Im dunklen Zimmer sitzt der Mann
ißt seine Suppe

schnell leert er den Teller
wischt sich den Mund ab
geht in den Keller.

Die schöne Frau kommt nach Hause
der Mann sitzt schon beim Wein
sie macht ihm eine Jause
Ei, wie fein.

So schön und einfach ist die Welt
so heiter ist das Leben
wenn die Metapher fehlt

Rudolf Bayr

Die Liebende

Ich werde keine Fallen stellen,
Keine Wörter auslegen zu Lockung und Nahrung.
Ich werde mein Herz in den Sand betten.
Es wird mein Blut ausschicken in den Garten
Und die Schlange wird ihre Krone haben.

Gebunden ist aller Flugsand.
Kein Wurm tickt in der Zeit.
Der Mond wischt langhin über die schwarze Tafel.
Immer rein findet die Sonne den Platz.

Rudolf Bayr

Die zerbrochenen Verse

Die zerbrochenen Verse
aus Naßglanz und Geäst
hingestreut
von schlaffremder Nacht

Rudolf Bayr

DAMALS SCHON hat es sich angekündigt
sagen die Leute
in dem und dem schon sagen sie

und diese Zeichen sind immer
schattseitig aufgestellt

keine Ankündigung die nicht
der Tod zur Drohung schnürt

Dieter Berdel

eisnschdod bleibt eisnschdod
sangtbötn bleibt sangtbötn
glognfuat bleibt glognfuat
soizbuag bleibt soizbuag
bregenz bleibt bregenz
inzbruk bleibt inzbruk
graz bleibt graz
linz bleibt linz

nua
mia wean mia

Dieter Berdel

da grossfoda
fian fraunzjosef

da foda
fian adoif

da bua
fian jeagl

da enkl
fian hugo

Elizabeth Bishop

Casabianca

Liebe ist der Junge, der stand auf dem brennenden Deck
und versuchte aufzusagen: »Der Junge stand
auf dem brennenden Deck.« Liebe ist der Sohn,
der da stand und stammelte Diktion,
als das arme Schiff in Flammen versank.

Liebe ist der störrische Junge, das Schiff,
selbst die schwimmenden Matrosen, die
auch gern ein Schulraumpodium hätten
oder eine Ausrede, an Deck
zu bleiben. Und Liebe ist der brennende Junge.

Elizabeth Bishop

Der Ungläubige

Er schläft auf der Spitze eines Mastes.
Bunyan

Er schläft auf der Spitze eines Mastes,
die Augen fest verschlossen.
Die Segel gleiten unter ihm weg
wie die Laken seines Bettes
und lassen den Kopf des Schläfers in der Nachtluft.

Schlafend wurde er hierher gebracht,
schlafend rollte er sich oben
auf dem Mast in einem vergoldeten Ball zusammen
oder kletterte
in einen vergoldeten Vogel oder setzte sich blind rittlings
drauf.

»Ich bin auf marmornen Säulen errichtet«,
sprach eine Wolke. »Ich rege mich nie.
Siehst du die Säulen dort in der See?«
Geborgen in seiner Introspektion,
betrachtet er die wässerigen Säulen seiner Reflexion.

Eine Möwe hatte Flügel unter seinen
und bemerkte, die Luft sei
»wie Marmor«. Er sprach: »Hier oben
rage ich turmhoch durch den Himmel,
denn die Marmorflügel an meiner Turmspitze fliegen.«

Doch er schläft auf der Spitze seines Mastes,
die Augen fest verschlossen.
Die Möwe forscht nach seinem Traum,
der war: »Ich darf nicht fallen.
Die gleißende See unter mir will, daß ich falle.
Sie ist hart wie Diamant; sie will uns zerstören, uns alle.«

Elizabeth Bishop

Der Fisch

Ich fing einen enormen Fisch
und hielt ihn neben dem Boot
halb aus dem Wasser, mein Haken
fest im Winkel seines Mauls.
Er kämpfte nicht.
Er hatte gar nicht gekämpft.
Er hing, ein ächzendes Gewicht,
lädiert und ehrwürdig
und unscheinbar. Da und dort
hing seine Haut in Streifen
wie uralte Tapeten,
und das Muster in dunklerem Braun
war auch wie auf Tapeten:
Formen wie aufgeblühte Rosen,
vor Alter fleckig und verblaßt.
Er war mit Muscheln getüpfelt,
feine Kalkrosetten,
und von winzigen
weißen Seeläusen befallen,
und unter ihm hingen zwei oder drei
Fetzen grüner Algen.
Während seine Kiemen
den furchtbaren Sauerstoff atmeten
– die erschreckenden Kiemen,
frisch und steif vor Blut,
die so tief schneiden können –,
dachte ich an das grobe weiße Fleisch
wie pralle Federfüllung,
die großen und die kleinen Gräten,
das dramatische Rot und Schwarz
seiner leuchtenden Innereien
und die rosa Schwimmblase

wie eine große Pfingstrose.
Ich sah ihm in die Augen,
die viel größer waren als meine,
aber flacher und vergilbt,
die Iris mit stumpfem Stanniol
gefüttert und gefüllt,
durch die Linsen alten,
zerkratzten Glimmers gesehen.
Sie bewegten sich ein wenig, aber nicht,
um meinen Blick zu erwidern.
– Es war mehr, als kippe man
einen Gegenstand zum Licht hin.
Ich bewunderte sein mürrisches Gesicht,
den Mechanismus seines Kiefers,
und dann sah ich,
von seiner Unterlippe
– wenn man es eine Lippe nennen kann –
hingen grausam, naß und waffengleich
fünf alte Längen Angelschnur,
oder vier und ein Stahlvorfach,
an dem der Wirbel noch saß,
und alle fünf großen Haken
waren fest mit seinem Maul verwachsen.
Eine grüne Schnur, ausgefranst,
wo er sie abgerissen hatte, zwei schwerere
und eine feine schwarze,
noch immer gekräuselt vom Zug und Bruch,
als sie riß und er entkam.
Wie Orden mit zitternden
und zerfransten Bändern
hing ein fünfhaariger Weisheitsbart
von seinem schmerzenden Kiefer.
Ich starrte und starrte,
und Sieg erfüllte
das kleine gemietete Boot

von der Pfütze in der Bilge,
wo Öl um den rostigen Motor
einen Regenbogen wirkte,
zur orange verrosteten Schöpfkelle,
zu den von der Sonne geborstenen Duchten,
den Dollen an ihren Schnüren,
den Dollborden – bis ringsum
Regenbögen waren, Regenbögen übergroß!
Und ich ließ den Fisch los.

Elizabeth Bishop

Tankstelle

Meine Güte, ist sie dreckig!
– dies kleine Tankstelle,
ölgetränkt, öldurchdrungen
zu einer beunruhigenden, allseits
schwarzen Lichtdurchlässigkeit.
Vorsicht mit dem Streichholz!

Vater trägt einen dreckigen,
ölgetränkten Arbeitsanzug,
der unter den Armen einschneidet,
und mehrere schnelle und freche
und schmierige Söhne helfen ihm
(es ist eine Familientankstelle),
alle wirklich gründlich dreckig.

Wohnen sie etwa in der Tankstelle?
Sie hat hinter den Zapfsäulen
eine Veranda aus Zement und auf ihr
ein paar zerbeulte und von Schmiere
durchweichte Korbmöbel;
auf dem Korbsofa
ein dreckiger Hund, ganz bequem.

Ein paar Comics sorgen für
den einzigen Farbklecks –
von bestimmter Farbe. Sie liegen
auf einer großen, düsteren Zierdecke,
ausgebreitet über ein Taburett
(Teil der Garnitur), neben
einer großen, borstigen Begonie.

Warum die überflüssige Pflanze?
Warum das Taburett?
Warum, warum nur die Zierdecke?
(Im Achterstich mit Gänseblümchen,
glaube ich, bestickt
und schwer vor grauer Häkelei.)

Jemand hat die Decke bestickt.
Jemand wässert die Pflanze
oder ölt sie vielleicht. Jemand
ordnet die Reihen von Dosen,
damit sie den reizbaren Autos leise:
ESSO-SO-SO-SO zuraunen.
Jemand liebt uns alle.

Gerhard Bolaender

Alfabet

Dem WortVerstand entgegen. Das Fräulein
paukt uns ein die Schrift

In schwarze Hefte markierte ich
das Buchstabengeräusch: Giraffenhälse,

Wolfszungen und Vogeltritt. Gott
wollte ich werden

Gerhard Bolaender

Die alten Filme

Was verspricht das Filmbild
Was halten wir dagegen
Ein Blick aus dem Fenster
Die verkippten Schatten

Nur nicht weiter längs den Weg
Scharf dagegen setzen wir den Schnitt
Schon im nächsten Bild
Verwerfen selbst die Bäume ihre Blätter

Wie wollen wir leben
Was wird

Wladimir Buritsch

WOZU UMARMEN
was man nicht erdrosseln darf

wozu küssen
was man nicht aufessen darf

wozu nehmen
was man nicht für immer
mitnehmen darf
fort
ins paradies

Wladimir Buritsch

NACHTS WARF ich einen blick zu mir ins fenster

Und sah
ich war nicht dort

Und begriff
ich könnte auch nicht sein

William Carpenter

Drei Annäherungsweisen an das Unergründliche

Dichter, nimm alles, was du über Biologie weißt,
puste hinein und warte, ob es zu rauchen beginnt.

Die kleine christliche Eizelle wartet im Uterus.
Die verschiedenen Spermien schwimmen drauflos,

flattern mit ihren Propellern, tragen ihre DNS.
Wir sagten immer: Der schnellste Schwimmer hat das
    Rennen gemacht.

Jetzt hört die Eizelle, wie sie alle unterwegs sind,
daß jedes auf seine Art eine großartige Anstrengung
    unternimmt.

William Carpenter

Schriftsteller und Kritiker

Der Dichter wird wach, wenn das ganze Haus im Schlaf
liegt.
Wie ein Schlafwandler geht er wieder zum Schrank,
um seinen Rhinozeros-Anzug zu holen.
Die Hörner, die vielleicht aphrodisische Kräfte gehabt
hätten,
nimmt er traurig ab, um seine Stifte hineinzustecken.
Wie immer ist seine nächtliche Arbeit ein Seiltanz, bei
dem er hinausbalancieren muß, um die Sterne von ihren
Bildern zu befreien.

William Carpenter

Mann mit Geheimnis

Der Künstler hat schließlich aus seinen Lithographien
ein Haus gemacht. Zunächst dachte er
an etwas Bescheidenes, einen Bungalow,
aber das Bauen ging so rasch,
und er hatte noch so viel übrig, daß
das Gebäude fast von selbst in die Höhe wuchs.
Während der Bauzeit wurde das Haus
eine der Attraktionen ringsum, nicht
nur als Bauwerk an sich, sondern wegen seiner
Tätigkeit darin, denn wer auch immer hineinging,
kam anscheinend nicht mehr heraus.
Er selbst kam ebenfalls nicht mehr heraus, baute
das Haus von innen, was genaugenommen
gar nicht so einfach ist, denn
es muß mit dem Äußeren begonnen werden,
bevor man sich durcharbeitet zu dem, was das Haus nun
wirklich
ausmacht, nämlich ein riesiges fensterloses
Zimmer genau in der Mitte mit einem
Tyrannosaurus darin, einem Mädchen und einer Kalliope,
aber
ohne auch nur irgendeine Tür, zu der wir einen Schlüssel
haben.

William Carpenter

Unterbrochene Verbindung

Heute morgen ist die Verbindung unterbrochen.
Nicht tatsächlich still, wie wenn man vergißt
zu zahlen, aber es macht ein Geräusch

wie Wind, als ob der Draht gerissen wäre
draußen auf einem einsamen Feld
und man hören könnte, wie der Sturm Schnee anhäuft

über dem gerissenen Ende, um es für immer zu begraben.
Ich horche. Jetzt ist es das unmerkliche Geräusch
des Schnees, wie ein riesiges Tier,

das schläft. Ich sage *hallo*.
Meine Stimme erklingt irgendwo in einem Feld.
Ich sage, *was wird werden aus uns?*

und sie kommt zurück, im Hörer,
als eine Art Echo: *uns*,
das Wort, das zwischen *ich* und *du* steht

in dem kleinen Alphabet, aus dem wir
unser Leben bauen, die Fürwörter,
die einfachen Hauptwörter, *Haus* und *Angst*,

die Zeitwörter *schlafen* und *horchen* und *warten*.
Ich horche auf das Geräusch der toten Leitung.
Wieder und wieder scheint sie *das* zu sagen.

Robert Creeley

Die ehrlosen Briefträger

Sie nehmen alle meine Briefe, und sie
stecken sie ins Feuer.

Ich seh die Glut, etc.
Doch mir ists gleich, etc.

Sie verbrennen alles was ich hab, oder das wenige das
ich hab. Mir ist es gleich, etc.

Das erhabenste Gedicht, an die Leere
gerichtet – das ist der Mut der

not tut. Das ist etwas
ganz anderes.

Robert Creeley

Ich kenne einen

Wie ich zu meim Freund
gesagt hab, weil ich
immer rede, – John, hab ich

gesagt, was nich sein Name
war, das Dunkel um-
gibt uns, was

könn wir dagegen
tun, oder aber solln wir &
wieso nich 'n großes klasse Auto kaufen,

fahr, hat er gesagt, um
Gotteswillen, kuck
wo de hinfährst.

Robert Creeley

Wie es heißt

Unterm Baum saß ich
im weichen Gras, ich

sah zwei glückliche
Spechte sich stören

lassen durch mich. Und
warum nicht, dacht ich bei

mir, warum
nicht.

Robert Creeley

Die Sprache

Orte *Ich*
liebe dich irgend-
wo in

Zähnen und
Augen, beiß
drauf doch

sieh dich vor es
nicht zu verletzen, du
willst so

viel so
wenig. Worte
sagen alles,

Ich
liebe dich
wieder,

wozu dann
ist Leere
da. Zum

Füllen, Füllen.
Ich hörte Worte
und Worte voll

von schmerzenden
Löchern. Rede
ist ein Mund.

Robert Creeley

Einweg

Von den beiden schaut
einer den andern an. In
der Luft ist

kein Zittern, kein
Geruch. Es ist
ein Haus um sie herum,

aus Holz, aus Wänden.
Das Zeichen ist Schweigen.
Alles hängt.

Wie er seine Hand
hebt sie
nicht zu schlagen, wie

wieder seine Hand
erhoben ist, ist sie
gegangen, in ein andres

Zimmer. In dem von ihr
verlassnen Zimmer, kann er
sich nicht sehen

wie in einem Spiegel, wie
ein Gefühl von Reflektion.
Er denkt er denkt

an etwas anderes.
Die ganze versperrte Zeit,
das ganze Sichgehenlassen

hinunter, in sie hinein, wie ein
versperrtes Zimmer, zu dem man kam.
Derzeit unverändert,

doch die Art zu fühlen,
abgesichert von Wänden und Büchern,
ein Bild das herunterhängt,

eine verschobene Mitte, Staub
auf allem worauf er seine Hand legt,
Unordnung, Zeitungen und Briefe

und Ansammlungen von Kleidungsstücken,
und Bettwäsche, und unter seinen
Füßen ballt sich der Vorleger.

Robert Creeley

Es klopft

Sag nichts
darauf.
Schiebs von dir.
Antworte nicht.

Sei graue,
verhuschte Präsenz.
Sei nichts
da.

Wenn es dich an-
spricht, wills
dich für sich
nur

und es hat
mehr als du,
viel
mehr.

Robert Creeley

Echo

Es war ja nie
einfach zu warten,
stillzusitzen.

Gab es nicht noch
einen anderen Weg,
eine Strecke zu gehn –

als hinge ein
Echo in
der Luft bevor

man eins hörte,
bevor ein Wort
gesprochen war.

Was war Liebe
und wo
und wie käme man hin.

Franz Josef Czernin

im labyrinth

alle sätze
setzen
sätze voraus,
alle wege
führen
wieder zu wegen.

und ich,
die alte spitze
des zirkels,
steche mir selbst
ins auge,
auf daß der schmerz
meine schritte
in die hand nimmt,
und meine beine
den kreis ziehen,
um einmal
die ganze spur
aufzulesen.

Uwe Dick

Landschaft

Rezitativ aus dem 2. Streichquartett
von Dimitri Schostakowitsch

Die Möwe fliegt nicht mehr   Jedoch ihr Schrei
ist unterwegs: Das Fischsignal
zerreißt die Wolkenfahnen gellt im Wellental
(zerschnitte wohl Sardinenbüchsen auch)
und weckt den Kapitän a. D.
der fährt mit neunzig noch zur See:
im Altersheim von St. Eliasberg   Jetzt liegt er
wach in seines Bettes Kahn und horcht: Es trommeln
Regenfinger auf das Dach: »Mir wars als hörte ich
den Kormoran …« Der Kapitän nimmt Kurs
auf seinen großen Zeh   schläft wieder ein:
Seevögel schrein und die Maschinen stampfen
Bald wird der Kapitän mit seinem weißen Schiff
ins Jenseits dampfen

Die Möwe fliegt nicht mehr   Der Leuchtturm
liegt gefällt   Kein Schiff am Horizont   kein
Wandrer an der Küste   Doch Pappeln: schwarze
Schwerter himmelwärts gestellt und Gräber: Tote
die man auf die hohe Kante legte   Zuweilen
kippen Kreuze von der Klippe und heute oder
morgen wirds ein Engel sein

Die Möwe fliegt nicht mehr   Aus einem
Riß des Himmels schlug sie auf den Strand
Das Meer wälzt Muscheln Tang und Sand
und Kot und grünes Flaschenglas und
gräbt die Möwe ein
Hoch auf dem Kreidefelsen ragt

ein Engel   den man dereinst aus Marmor schlug
und dessen Palmzweig oft die weiße Möwe trug
und manches Mal auch einen schwarzen Raben

Der Engel neigt sich
zittert überm Abgrund:
das Meer berennt sein Fundament
das Meer: der große grüne Gott
der seine eignen Kinder frißt
der rülpsende Herr Zebaot
aus dessen Bauch
der Mensch an Land gekrochen ist

Das Meer spuckt Leichen aus
und sammelt Leichen ein
und dreht und wendet sie:
das Meer hat Zeit

Christus
der Fisch
treibt – mit dem Bauch nach oben –
schon eine Ewigkeit

Uwe Dick

Canis litteratus

Manchmal, werte Bücherkunden,
wünsche ich, Ihr kämt allesamt
auf den Hund!

Auf meinen Bruder im Fell,
den bernsteinäugigen
Nasenkönig Arco,
Kiefersfelden, Pendlinger Straße 8.

Bald eine Ode für den Menschenfreund,
heut' nur so viel: Er
war noch nie ein Spielverderber.
Auch nach dem hundertsten
salto vitale,
Steilhang hinab ins Harschfeld,
fetzt er heran, dem nächsten Wurf
zu lauern: geduckt,
zum Wolfssprung bereit
– grün glost sein Blick, Dampf
aus den Ohren –
gebannt, durch nichts abzulenken,
sekunden-, minutenlang, bis
mir der Arm lahmt und
ich den Schneeball … Klapp,
hat ihn schon.

Uwe Dick

Und werf ich ihm zwei, drei
Bälle zugleich, schnellt er empor,
sich den höchsten,
schwierigsten zu schnappen.
Euch aber, Ihr sogenannten Leser,
hör ich oft stöhnen
vor einem einzigen ungewohnten Satz!

Uwe Dick

Erinnerungen steigen auf

Noch lebe ich, noch hab ich Bilder.
Die abendschnelle Fledermaus
lenkt mich von einer Träne ab.
Erinnerungen steigen auf:

Es stöhnt das Tier, die Dämmerung, das Meer.
Ins Gegenlicht stemmt sich die Krüppeleiche.
Sie droht mit schwarzer Mispelfaust.
Fischreiter tauchen aus dem Traumsee.

Flußauf übers Wasser
geht einer zum Werder;
der Wind fächert seine Worte zu mir:

»Ich habe die Quellen mit Brot und Käse gefüttert.
Ich habe dem Wind mein Mehl geopfert.
Das wissen sie –
und verstehen es nicht.

Ich schmeckte die Küste,
wenn ich die Auster beroch.
ich bannte den Limbert durch Eisenkraut.
Steine huben an zu sprechen
unter meinem Blick
und Wunden schlossen sich
und Wölfe winselten.

Ich hütete die Sonnentore,
und Funken schlug ich
aus der Otterzunge.

Das alles haben sie vergessen.
Und kauen doch mit müden Mündern
Hufeisen, Witwenzöpfe, Sonnenräder,
Kerbhölzer, mehr als gut gesalzen,
und Arme, zum Gebet gekreuzt.

Doch mümmeln sie nur Mehl.
Sie schmecken nicht den Geist der Dinge,
der sie allein aus ihrem bilderlosen Dasein
ins Leben führen könnte.

Beim dreigehörnten Stier: Ihr langweilt mich!
Aus euren Augen glotzen einzig Münzen.
Fürs Leben seid ihr blind, ihr
wohlgenährten Leichen: Es lebt, wer sieht.
Ein Mensch ist so viel wert,
wie seine Augen sehen.«

Uwe Dick

Ich bin das Herz der Welt

Ich bin das Herz der Welt.
Setz ich aus, fällt die Welt.
Dann stürzt auch der Horus des Horizontes,
verblaßt die Sonne im Mittag,
erlischt auch das Antlitz meiner Geliebten.

Ich bin das Herz der Welt.
Setz ich aus, fällt die Welt.
Und darum muß ich Bibi Chanym heute küssen.
Denn heute nur glückt mir der Flug vom Minarett.
Nur heute trägt mich Arsibini 22 Ellen.
Nur heute treffe ich Favolius in der Winkelschenke.

Heute, heute, nur nicht morgen
folgt der Emu meiner Holztrompete,
pickt mir Picus aus der Hand.
Heute fahren Züge durch mein Leben.
Heute spricht der Baum, mein großer Bruder.
Heute hat der Rabe Zugang zu der Sonne.
Heute singt der Grüne Stock,
tanzt der Klammhirz, deute ich die Kranichsieben.

Heute bin ich euer Shanty-man
(und zugleich ein Schiff mit tausend Schrullen).
Heute sitz ich in des Tages Sattel,

windgegürtet über Wolken
und mit meinen besten Freunden
zeche ich am Tafelberg.
Heute leb ich, heute, heute:
Tausend Jahre sind mein Tag.

Uwe Dick

Hab im Dünenschutt

Hab im Dünenschutt der Stunden
einen Vogelleib gefunden,
und das Köpfchen, augenleer,
abgetrennt, lag nebenher.

Schau mich, Mädchen, nicht so an,
weil ich's nicht ertragen kann!

Michael Donhauser

Begegnung

Nie werde ich dich anders noch einmal
Und sehen, denn als Passantin
Denn als Frau im Baumwollkleid
Habe ich und dich gesehen, wie du
Und Flaschen in einen Kontainer geworfen
Auf dem Gehsteig gekommen, leicht
Gegangen, dem Abend wie anvertraut
Nur Bewegung so gewesen und bist
Nur Gang und ohne Augenblick oder daß
Ohne daß wir uns und begegnet
Sich gegrüßt unsere Augen nur wie hätten
So flüchtig nur, denn unverloren
Bist du bei dir oder anderswo
Bist und ein Schlenkern der Arme, der Haare
Ein Zögern du gewesen, noch dann

Michael Donhauser

Auf der Baumgartner Höhe

Und schwarz die Krähen fliegen
Am Abendhimmel her in Scharen
Zu Hunderten, als Rußfetzen
Als rauschte ein Kleid so herab
Wie über die Mauer und hinweg
Und in die Kronen der Bäume
Oder weiter ins Helle der Nacht

Michael Donhauser

Für Martina K.

Während ein Weihnachtskaktus verharrt
Verharrend übergeht, über den Topfrand
Am Fensterbrett neben einer Luftmatratze
Luftentleert, zusammengelegt, liegengelassen
Und während eine Weide trauert, schlingert
Und Blütenzweige weiß und wanken, steif
Und ein Laubgrün vielfach flimmert, fast
Legt das Morgenlicht am Fensterstock an

Michael Donhauser

UMSONST DAS Wehen
die Zweige, Blätter, der Herbst:
ICH bleibt starr im HERZ.

Carol Ann Duffy

Talent

Das ist das Wort *Drahtseil.* Jetzt stell dir
einen Mann vor, der sich im Raum zwischen unseren
Gedanken
langsam auf dem Seil bewegt. Er hält unseren Atem an.

Es gibt kein Wort *Netz.*

Du willst, daß er fällt, nicht wahr?
Das dachte ich mir schon; er schwankt, aber er schafft es.
Das Wort *Beifall* steht ihm im Gesicht geschrieben.

Carol Ann Duffy

Worte, weite Nacht

Irgendwo auf der anderen Seite dieser weiten Nacht
und der Entfernung zwischen uns denke ich an dich.
Das Zimmer wendet sich langsam vom Mond ab.

Es ist angenehm. Oder soll ich das durchstreichen und sagen,
es sei traurig? In einer der Tempora singe ich
ein unmögliches Lied vom Begehren, das du nicht hören kannst.

La lala la. Siehst du? ich schließe die Augen und stelle mir
die dunklen Hügel vor, die ich überqueren müßte,
um zu dir zu kommen. Denn ich bin verliebt in dich und ich

beschreibe, wie das ist oder wie es in Worten ist.

DAS ABGELAUFENE Leben darf nicht –
sag es umgekehrt und hinein durch
diese eichenfurnierte Tür, diese Wut,
Anklage, dieser Tropenhimmel rote
Zungenspitze, diese Haut und hinge-
krümmt, sag, den verkrochenen Blick,
die vielen nie gezeigten Zuneigungen,
wir, da, hingestreckt und ein fein
gezeichnetes Gesicht, endlich gewußt
warum, Anblick, endlich erfahren,
sag es, ganz weit weg unter den
Frühlingsblumen, dem Grün und dem
neugemachten Dottergelb, dieses Leben:
Kriegsjugend, sofortiger Tod des einzig
Geliebten, sag, diese Faust, die Tränen,
hier schon herumgedreht, daß da kein
Urteil, sondern ein Beginnen, auch
am Ende, sag es verkehrt herum, weil
sonst die Lüge das Metermaß, dabei
der Rhythmus hier, die eingefallenen
Wangen, Hohlkreuz der Stirn, die dunklen
Augenbäuche, Masse, das Stocken, dann
die härteste Arbeit, Lastvieh, schlaflos,
krumm und gepeitscht von unaufhörlichem
Vorwärtsmüssen, dem schlechten Gewissen
im Ausruhen oder Verschwenderischen,
das GANZE HAUS, diese Mühsal, alles so
verkehrt herum, und eine Enttäuschung
nach der anderen, geballte Faust, so weit
weg und niedergehockt, selbst die
Sprache aufgezogen als Lack, Schutzmittel,
Verwandlungsinstrument, darunter

ALLES erstickt, sag es mit dunstigem
Nebel über dem Wasser, den verschlissenen
Arbeitshandschuhen, den verkniffenen Augen-
schlitzen; war nicht immer so. Kein Urteil,
vielleicht auch die Wut aufgesetzt,
will es sagen, so weit weg, ohne Schrecken,
mit keinem Mund, sondern mit den Wimpern,
den Fingernägeln. Das gemähte Gras
am Hang, das Heu, der Sonnenaufgang,
die Sommermorgen, der Schweiß, die Kälte,
dieses ZUVIEL, dann offensichtliche Ruhe-
stellung erzwungen, mit jeder sich
zusammenkrallenden Körperzelle, und genau
da noch das Sagen als ein dem Abgelebten
Hinterhereilendes, zusammengenommen für
diese Tafel, das leiser werdende Schmerz -
stöhnen und die Krähe zum überlauten Wecker-
gehacke Zeitfluß, das dauernd unterdrückte
Doch-Herauskommen auf dich hin, hier gelöst
in der ergriffenen Hand, dem ergriffenen
Körper, die alles jetzt berührende
herumgeisternde Leichtigkeitsseele
mit dem Einkaufskorb daneben, das Weiter-
gehende, das Darüberhinauswissen und schon
darauf zugehen auf das Eigene, hier,
gesehen, zu Ende gebracht. Vereinzelt,
möglichst weit weg, dieses Abgleiten
in die Lufttaubheit, schon Unberühr-
barkeit bis hin zur Hand, auf der Bett-
kante liegend, die Glaswand blitzschnell
hochgezogen, so daß du als Beschauer
sitzenbleibst, das Letzte, im Atmen,
im Geflüster, vielleicht die List, doch
noch etwas zu behalten vom Lebendigen
und einzuspannen als den Stein, aus dem

das Wasser geschlagen wird, das Heraus-
sprudelnde, zuletzt also das Wasser, das
Zurückkommen, ein Auswässern, wie weiter,
die Schweißnaht des Sagens, umgekehrt
von weit weg als List über die Schnitt-
stelle, abgelebt, beginnen, darauf,
da durch, da weiter.

Hans Eichhorn

Liebeserklärung

Heute morgen schepperte
sich der Wecker kaputt,
ihr Gesicht hing bis auf
den PVC, und eiligst huschte
sie durch die Wohnung,
daß die Türen krachten.

Den Filzstift starrt man
an wie einen Magier, der
garantiert hält, was er
verspricht, eine Abfuhr
dem billigsten Schweigen,
manche Gefühle sind sowohl

leer als auch fett, trotzdem
zwingen sie dich auf den
Grund: Kuala Lumpur, ein
zu schöner Name, um den Tages-
verdruß in die Garderobe
zu hängen. Wir wechseln

einfach das Thema, schauen
auf die Plastikflasche,
SPÜLMITTEL MOLKA KLAR,
als ein Traktor vorbeifährt.
Diese Dankbarkeit bricht
ein paar Sekunden aus dem

Zeitbrei, füttert uns mit
einsamer Arroganz: Garantiert
biologisch abbaubar?!

Hans Eichhorn

Novembersonne

zwischen den Obstbäumen,
ein paar Hendln,
ruckartig zuckende Köpfe,
gedämpftes Licht,
das milchig am nassen Gras
glänzt.

Was gilt es hier
in minutenlangem Warten
herauszusaugen?
Weit hinten eine
schwarze Katze.

Vor der Balkontür
ein flirrendes Insekt.
Verrottete Blätter
am Straßenrand.

Ein Vormittag
entgleitet
in seine
Bestandteile.

Hans Eichhorn

Neben dem Minifernseher

liegt eine Bananenschale.
Das Zimmer wirft immer
kleinere Gegenstände zum
Fraß vor, umgekehrt platzt
inwendig der Traum aus den
Nähten. Aufstehen und mit

dem Finger den Staub von
der Glühlampe wischen. Grob
steckt gegenüber die Fern-
sehantenne in der Luft,
auch das nur ein kurzes
Lebenszeichen, schnell ver-

braucht wie das Gebell
von Hunden. Allein in der
Wohnung, die Fühligkeit
ist ein Betonbrocken,
irgendwas herausgegriffen,
zum Beispiel die Schrauben

an den Stützpfeilern des
Holzbalkons, um augen-
blicklich dahinzustolpern,
bis endlich sich jemand zu
der Frage aufrafft: Nichts
Besseres zu tun?

Musik

zu den roten Lampen an
den Wänden. Er wartet
auf ein Mineral-Zitron
und beobachtet, wie jemand
gestikulierend die Luft
beiseite schiebt, um

Raum zu schaffen für
das eigene Erleben.
Zwischendurch steckt er
eine Zigarette als
zwingendes Argument
in den Mund.

Hans Eichhorn

DU STEHST vor der Haustür,
reißt die Arme auseinander;
mit einer einzigen Geste
soviel Schutt wegräumen,
daß du wie ein Besoffener
in das Licht fällst oder
ins Wasser. Darüber sticheln
die Bäume heraus, von denen
du die gleiche Botschaft
erwartest, eine kilometer-
lange Wurst von Notizen,
die nicht zur Besinnung
kommen läßt: Netzwerk, in
dem die Lebensfische zappeln
und der Goldregen direkt
in den See hängt. Komm
näher! Schau dich um! und
stell beruhigt fest, man
kann sich ohne Versäumnisse
wieder dem Alltag zuwenden.

Hans Eichhorn

Immerzu auf der Lauer

nach dem einzigen,
dem Stiernacken im Fernseher,
dem rostigen Metallgitter im Wasser.
Doch im Schanigarten
sitzt der Großteil ganz unangefochten,
hält sich am Eislöffel fest.
Die Pelargonien blühen
in den Eternitkistln,
während das Reisebüro
seine Afrikaaktionen ausschreibt
und die Sonnenuntergänge
haufenweise an sogenannte
Werbefahrten zu Billigpreisen
verscherbelt.
Das Teehäferl ist leer,
die angebissene Banane liegt
auf dem Tisch.
Das Kind zeichnet Kreise
in einen Notizblock.
Frühsommer.

Erwin Einzinger

Der ganze Aufwand

Der alte Tankwart hat jetzt noch mehr
Zeit als früher. Er erzählt eine lange
Ofenstory, bis man gequält an die Decke
Schaut: Farbe schafft Raum. Der Lehr-
Ling liegt unter einem Wagen & singt
Daß irgendein Herz zurückgegeben werden
Soll. Wird gemacht. Nach vielen Minuten
Hält ein kleiner Kraftwagen, eine Frau
Mit Topfenkrawatte steigt aus & macht ein
Gesicht, als hätte sie hinter der Zapf-
Säule Löwen knurren gehört. Als sie wieder
Weg ist, bleibt es einige Atemzüge lang
Völlig still. Und die ganze Zeit über
Lehnt an den leeren Ölfässern am Rand des
Parkplatzes ein Moped voll Fleisch.

Erwin Einzinger

Abstände

In einem Garten stand eine Frau mit Arbeits-
Schürze hinter einem Strauch & warf mit Dreckbatzen
(d. s. kleine Erdklumpen) auf Vorübergehende
Ohne sich dabei erwischen zu lassen.
Nach jedem Wurf zog sie sich geschickt zurück
& umkreiste den Strauch so langsam
Daß er immer zwischen ihr & den auf der Straße ver-
Wundert anhaltenden & dann verunsichert weiter-
Gehenden Leuten war. Ein Strahlen in Feld & Wald!

Wenig später fuhr ein Firmenbus mit ungelernten
Arbeiterinnen vorüber, zog eine Schleife
& steuerte dann auf einem schmalen Feldweg auf eines
Der etwas weiter abseits von der Straße ge-
Legenen Häuser zu wie auf eine Bucht.
Kurzes Anhalten bei laufendem Motor – die Schiebetür
Ging auf & eine Frau mit Strickjacke
& Einkaufstasche sprang heraus. Sie ging
Ohne sich noch einmal umzuschauen
Auf das Haus zu.

Erwin Einzinger

Epilog

Zwei Jahre vergingen. Eines davon ein
Schaltjahr. Der Stromableser kam, stolperte
Über Lauser, den Hund. Fluchte kurz. Am
Abend nach der ersten Rauhnacht wurde ein
Schöner Teller mit Suppe vor die Haustür
Gestellt, für die Feen & Geister, falls es
Tatsächlich noch welche gab. Dann wurde
Eine Geschichte vorgelesen, in der sich am
Schluß eine Frau ihre Hände in Fasanenblut
Wusch. Wozu eigentlich?

Erwin Einzinger

Die verwitwete Schwiegertochter des einstigen Kapitäns des Kanonenboots

Ärgert sich über die Motorroller im Hauseingang.
Draußen ein
Wind, der alles aufbüschelt, das Glitzern der
Leitungsdrähte im

Regen ... »Sei im Unglück wie eine gesenkte Fackel!«
Wo stand das
Bloß? Bald ist sie wieder daheim & bastelt ein
wenig am Obst

Herum. Als es läutet, geht sie überrascht zur
Tür & sieht einen
Freudestrahlenden Mann vor sich, der ihr erklärt,
er habe sie seit

Wochen beobachtet & nun schon einige Zeit
das Gefühl, ihr das
Auch endlich mitteilen zu müssen. »Wir Menschen
müssen zusammen-

Halten«, sagt er & will sie umarmen, aber das läßt sie ver-
Ständlicherweise nicht zu.

Erwin Einzinger

Das Hauberl macht die Mode

Himmel, Arsch & Katastrophe: Auch der Steig-
Bügel ist abgerissen – oder der zahme Turmfalke lahmt!
Wo sind eigentlich die verdammten Steckdosen?

Weise Männer aus dem Busch schleppen im Fernsehen
einen grauen
Verbandskasten heran. Erquickt vom Schlaf brüllt das
junge Schaf.
Joseph der Zweite? Naja, der kommt natürlich in den ver-

Schiedensten Rätseln vor, nur … (Pech an den Schuhen der
Rächerin: Im Nu war ihr auch die ehedem gesunde Hand
abgefault
& es würde ihr fortan nicht einmal mehr möglich sein, sich

Ein ganz einfaches Schwammerlgericht selbst zuzubereiten.
Oder etwa doch? – Aber selbst in einer ganz gewöhnlichen
Semmel
Schlummert immerhin ja noch die Kraft einer tollkühnen,
wenn auch

Oft blinden Natur …) Am erstbesten Tag dann der Anruf
vom
Satanisten-Club Steyr: Ein gewisser Pepperl wollte
»Erkundigungen«
Einziehen & wurde klarerweise ziemlich kühl abgefertigt.

Elke Erb

Amt in T.

Gesichter arbeitender Männer
die hohe Stirn die Haut
ein frischer Vormittag
Das Reden klappert so herunter
Maschinell
die Bahn voran
bis an den Feldrand wird
erfaßt, gemäht und ausgedroschen

Tess Gallagher

Mond überquert Brücke

Wenn ich bei Vollmond lange am Fluß stehe,
verwechselt meine Aufmerksamkeit nicht
mit bloßer Ästhetik, selbst
wenn Tageslicht rettet.
Nur was wir einst Andacht nannten
trägt die Lebenden leichtfüßig
über diese Spannweite des Glanzes.
Und wer will behaupten, ich hätte sie nicht überquert,
nur weil mir die Brücke Zeuge war,
daß Wasser Wasser bleibt
und die Mondphasen den Zusammenhang
erfassen, dessen ich so sicher war.

Tess Gallagher

Ich höre auf, das Gedicht zu schreiben

und lege die Wäsche zusammen. Egal wer lebt
oder stirbt, ich bin immer noch eine Frau.
Ich werde immer viel zu tun haben.
Ich lege die Ärmel seines Hemdes
zusammen. Nichts kann unsere
Zärtlichkeit stören. Ich kann zurück
zum Gedicht. Ich kann wieder
Frau sein. Doch jetzt
ist da ein Hemd, ein riesiges Hemd,
in meinen Händen und irgendwo ein kleines Mädchen,
das neben der Mutter steht
und zusieht, wie man das macht.

Paavo Haavikko

Ein grausamer Ort, die grausamsten Orte

Die Flasche gibt nicht viele Gläser
   Ins Leben gehen nicht endlos Irrtümer hinein.
Ich strecke mit Wein den Schlaf, mit Schlaf den Wein.
   Das Dunkel beginnt großen Eindruck zu machen,
wenn man sich daran gewöhnt.
   Die Welt ist ein grausamer Ort und die grausamsten
Orte hier sind die Wege hinaus von hier.

Paavo Haavikko

Als wäre der Tod eine Frau

Als wäre der Tod eine Frau, fängt man an,
mit ihr scherzhaft zu reden,
aus alter Gewohnheit.
Man fängt an, mit ihr zu leben und überlegt
für sich,
was hieraus wohl werden mag.

Paavo Haavikko

Wenn die Bäume schreibkundig wären

Wenn die Bäume schreibkundig wären,
würden sie auf Pergament schreiben.
Sie würden uns schinden und aus unserer Rückenhaut
würden sie das beste Pergament machen.

Sie würden darauf schreiben, in ihrer Schrift,
der Schrift der Bäume, der erhabenen,
daß man die armen Menschen schützen muß
und daß es ihnen jetzt gut geht.

Paavo Haavikko

Apokalyptisches Gedicht No. 20

Das Alter fängt nicht morgen an und nicht heute,
es fing schon gestern an und geht heute weiter, diesen Tag.
Jahre haben kein Gedächtnis, aber der Tag hat eines.
Also verwandle diesen Tag in ein Jahr, gedächtnislos,
und gib ihm Namen und Nummer, Ordnung und Nummer
und vergiß ihn, denn

die Tür zum Alter hat keine Schwelle
so hoch, denn hätte die Tür zum Alter
eine Schwelle,
dann wäre sie wandhoch und die Fenster lägen
am Deckenrand, auf dem Speicher,
und der Boden beginnt sich zu neigen und dreht sich in
den Angeln,
und du fällst in den Zauberkasten, wo
kein Spiegel ist.

Warum müssen wir immer sagen, wir sind nicht mehr!

Paavo Haavikko

Fluchend fang ich das Gedicht an

Fluchend fang ich das Gedicht an. So hat man es
tausend Jahre getan, hat den gleichen Kochtopf
vielmals verwandt
Die Knochen weggeworfen, ins Feuer
Der Mensch ist von Anfang an zum
Einmalgebrauch konzipiert
Er hat seine Schwierigkeiten, das zu begreifen
er hat sich nicht selber gemacht

Hier. Gerade

Hier. Gerade. Stand. Ein Gedicht. Der Computer.
Verschlang's.
Nicht Bosheit. War's. Nicht Gier. Verschlang's.
Einfach so.
Dies ist. Die Grabschrift. Für das Gedicht.
Das. Ja so war's. Vernichtet wurde. Totaliter.
Hier. Gerade. Stand ein Wald. Den. Der
Computer. Völlig verschlang. In seiner
Papierlosigkeit.
Nicht verhindert. Also. Die Vollkommenheit. Der Kunst.
Oder die –
Unvollkommenheit. Des Lebens. Die totale
Vernichtung.

Paavo Haavikko

Das Leben wird dem Ende zu recht spannend

Das Leben wird dem Ende zu recht spannend
    Man glaubt bald, man sei unsterblich
Obwohl das Alter auf die Zeit gegeben ist, bis daß
    Seele und Körper zusammengeschweißt sind
Zwei Eisenstücke fügt man zusammen
    indem man sie zum Glühen bringt
hämmert und dann Sand in die Fuge wirft
    Das Alter ist auf die Zeit gegeben, bis
die Seele nicht mehr allein auf der Welt herumkotzt

Ich führe den widerstrebenden Urnebel seinem
                                Ende zu
    auf diesem individuellen Weg
                    den alles geht

In jungen Jahren. Ist Alkohol

In jungen Jahren. Ist Alkohol. Gefährlich.
    Und. Erhält. Das Hirn. Ewig. Jung.
Im Alter ist. Alkohol. Unumgänglich.
    Er. Wäscht. Das Hirn. Noch später. Ist er.
Gift. Das umbringt.
    Darum. Soll man. Die Jugend. Nicht. Zu weit.
Treiben. Aber. Auch nicht.
    Zu früh. Mit ihr. Aufhören.

Jakob Haringer

Der Dichter

Alles Glück, es ward nie Seligkeit,
Und der schönste Stern wird nie zum Licht,
Aber auch das tiefste Erdenleid
Ward kein Leid: es wird bloß zum Gedicht!
Und des Lebens schönste Dinge sind
Strophen bloß und euerm Herz zum Tand:
Jeder Dichter ist ein blindes Kind.
Worte sind sein armes Vaterland!
Sucht auf alles Leben nur den Reim!
Ach der Reim ihm alles Sein verdirbt –
Fand er keine Hand und kein Daheim.
Der ist Dichter bloß, der ewig stirbt.
Dichter ist nur, wer nie ein Gebet
Und als Toter durch das Leben geht.
Ist die Welt ihm eine tote Stadt,
Weil er bloß sein Herz zum Leben hat –

Jakob Haringer

Resignation

So ist das Leben! ach ein bißchen Fraß
Und Trank und hie und da ein junges Weib.
Vielleicht dann abends noch ein Lied gepfiffen,
Ganz traurig, o um die vertane Zeit.
Ach immer stehst du draußen vor den Läden,
An Rosenfenstern, drin man singt und lacht,
Du bist kein Kind mehr, ach das darf doch weinen
Und so ist jeder Tag und jede Nacht!
Du rennst im Regen schiefe, rote Gassen;
Du denkst an Frauen, die dich einst geliebt …
Und manchmal spieltest du mit blonden Kindern
Und kam der Tod, du wärst nicht mal betrübt

Peter Henisch

ES GIBT einen Mörder vom kalten Gang
der mordet die Frauen schon monatelang
besonders die zarten

Es gibt einen Luftschutzkeller in Wien
da sitzen noch immer Soldaten drin
und warten und warten

Es gibt ein Land das Korea heißt
Es gibt eine Bombe wenn man die schmeißt
wird alles zu Eis

Aber es gibt einen Zauberspruch
wenn du den weißt –

Ich weiß nicht
Wer weiß

IN DEN Schrebergärten
verbrennen sie Laub

Rauch
in der Luft
Der Autobahnfahrtwind weht
grau durchs Gemüsebeet
Staub

Und mit einem Stock
scharrend in der
Vergangenheit alte
Zeitungen Ansichts-
karten bildlose Bilder-
Rahmen zerbrochene
Namen taub

steigt der Geist dieses Ortes
auf aus der Asche
spricht zahnlos seinen
obskuren Refrain
und geht

Ernst Herbeck

Patient und Dichter

Dichter

Je größer das Leid
desto größer der Dichter
Umso härter die Arbeit
Umso tiefer der Sinn

Patient

Je größer das Unheil
desto härter der Kampf
Umso ärger der Verlust
desto Irrsinniger die Verdammten

Patient und Dichter

Je größer das Leid
desto kleiner der Dichter

Umso härter die Arbeit
Umso tiefer der Sinn

Je grösser das Unheil
desto härter der Kampf

Umso ärger der Verlust
desto irrsinniger die Verdammten.

Ernst Herbeck

Über die Sprache

Die Sprache ist die Not-
wendigkeit der Menschen
und wird zu Papier gebracht.
Ist die Sprache vollständig, so
setzt man einen Punkt hin wie
bei der österreichischen. Wien
ist der Ausgangspunkt unserer
Sprache; die ist eine Abteilung
deutsch. Wir die Sprache gesungen
und getippt, so gibt sie der
Rundfunk – durch den Sender wieder.
So meint es mein Freund Kurt Bauer.

Ernst Herbeck

Die Wahrheit

Die Wahrheit ist das halbe Leben.
man stirbt ja früh genug
Der Hund geht vor die Pfoten
Das Pferd geht vor dem Hund.

Die Bilder dünken Schönes
die Wahrheit noch dazu.
In der Familie wird man angelogen
Und die Mutti meint es gut. So ist es

Ernst Herbeck

Die Vergangenheit

die Vergangenheit ist klar vorbei
Vorüber diese Zeit *der Ewigkeit*
Und nun bist du wieder ein Osterei.

Durchs Winterzweigwerk schweigt
der Himmel auch vom Süden her.

Das Laub, im Sommer noch klopfende Herzen,
liegt ausgemergelt und stumm auf dem Boden.

Meine Hand ist kalt und
blutlos, wenn ich sie dir gebe im Nebel.

Auch meine Sprache ist winterlich.
Sie preist nicht mehr den Glanz deiner Augen,
sondern klagt über dein durchfurchtes
Gesicht und fragt nach dem Ort
jenseits des Gedächtnisses.

Und die Antwort suchen wir
im Gesetz der Verheißungen:
zum Beispiel im Frühling.
Oder aber wir sind wir selber,
wenn wir den Ort wechseln?

Ins Grab der Sprache bin ich getreten.

Weder den Tod habe ich dort
aufgespürt noch den Abschied,
sondern habe einzig freundliche,
mir zugekehrte Sätze gefunden.

Der angekündigte Zerfall
ist bloß schwacher Abglanz der Schrift gewesen.

An die Wurzeln des noch gut lesbaren Satzes
hat sich die wohlriechende Minze geklammert,
die, im übrigen voll Leidenschaft, zugleich ganz
leicht die Last der Scholle durchstoßen hat.

Das Scheinverborgene ist jetzt
erfaßt worden vom Tageslicht.

Das Schattenreich ist zerfallen.

Gustav Januš

VOM KÖRPERRAND
trete ich in die Mitte,
wenn ich mit meinen stummen Händen
Blumen oder Seelen berühre,
wenn ich aus Erde und Wörtern
Teig oder Sätze forme.

Mit gefalteten Händen
spreche ich sogar mit der Seele,
die zur Zeit im weißen Schmetterling wohnt
und mit dem Wind in den Weizenähren spielt,
zwischen dem Körper und dem Wort
aber noch immer das Gleichgewicht sucht.

»Der Apfel ist mir aus der Hand gefallen
und hat die Erde verletzt.«

In diesen Kreis gerate ich auch jedesmal,
wenn ich unterwegs kreisrunde Steine sammle,
Johanniskraut oder Schafgarbe pflücke,
wenn ich barfuß gehe
oder wenn ich in die Gegenrichtung laufe.

LANGE SÄTZE im Schweigen,
verpflichtet allein der Zeit und der Form,
ändern mehrmals
meinen Bezug zur Sprache.

Die Stimme des Sommers wird
immer klarer:
Wegerich, verheißene Geburt
aus der Asche, verengt zwar den Steg,
verkündet aber zugleich
die Gnade des Wachsens, der Berührung
sowie der Unbändigkeit im Spiel.

Die Antwort dieses Satzes ist
mir jetzt auch Trost.

MIT DEN Blütenblättern auf der Hand
erschaffe ich vergängliches Glück.

Versuche, die Zeit zu überschreiten:
reise daher zurück in das weiße Land.
Die Finsternis nimmt mich nicht auf und
fragt auch nicht nach dem Schicksal des Tages.

Der Wasserkreis ersetzt das Beten,
obwohl das Wort immer noch
die verlorene Liebe sucht.

In dieses Wort eingespannter Mund
formt die Wiedergeburt,
spricht schon im voraus
und will im Sprechen
die endgültige Form finden,
in welcher das vergrabene Gesicht
wieder aufleben sollte als ein Beweis der Dauer.

Sowie die Blätter meinen Händen entfallen,
überschreite ich die Geburt.

Dreizehnte Vertikale Poesie (6)

Wenngleich wir alles gedacht hätten,
wollten wir noch etwas mehr denken.
Und wenngleich wir alles gewesen wären,
wollten wir zweifelsohne etwas mehr sein.

Selbst ein Gott wär in diese Falle gegangen:
die Versuchung, grenzenlos zu denken und zu sein.

Vielleicht beginnt hier
eine neue Lesart des Unmöglichen.

Dreizehnte Vertikale Poesie (26)

Das Papier hochheben, auf dem wir schreiben,
und darunter besser nachsuchen.

Jedes Wort, das wir finden, hochheben
und darunter besser nachprüfen.

Jeden Menschen hochheben
und darunter besser nachsehen.

Den Tod hochheben
und darunter besser nachforschen.

Und wenn wir gut schauen,
werden wir immer eine andere Spur finden.
Sie taugt nicht, um den Fuß darauf zu setzen,
auch nicht dafür, den Gedanken ruhen zu lassen,
aber sie wird uns beweisen,
daß hier noch einer vorbeigekommen ist.

Dreizehnte Vertikale Poesie (42)

Sich aus allen Sprachen zurückziehen.
Die Wörter wiederfinden
in ihrem Zustand eines Vogels im Fluge,
Küsse, die vor jenen Lippen fliehen,
wandeln auf eigenen Pfaden,
um andere Lippen zu finden.

Und obwohl es nicht möglich ist,
die Nacktheit der Ursprünge zu erreichen,
in den Wörtern etwas so Offenes
und Freies wiedererlangen
wie die Blöße der Haare.

Und wenn alle Wörter
ein weiteres Mal wieder Anfänge sind,
wird auch der Mensch von neuem beginnen.

Und vielleicht beginnt alles von neuem.

Dreizehnte Vertikale Poesie (75)

Heute habe ich fast alle Wörter.
Aber mir fehlen fast alle.
Jedesmal fehlen mir mehr.

Ich kann gerade diese zusammenbringen, die ich schreibe,
um den Rest der Zärtlichkeit
und die Lücke der Furcht auszudrücken,
die sich in der ganzen Abwesenheit verbergen,
in der wachsenden Abwesenheit,
die nicht nach Wörtern verlangt.

Oder sie verlangt vielleicht eins:
das einzige Wort, das ich nicht habe
und mir dennoch nicht fehlt.

Ernst Kein

Es gibt
nix bessas
wiara buach
besondas
waun am gach
a kostnhaxn
obricht

Ernst Kein

Des is aa wos
wos i ned kapia
de owan
haum ka hian
owa de debatn
san mia

Diana Kempff

SIEH
wenn es dämmert
werden die Wunden
ein weniger laut

leutselige Tiere wiehern

wie gern ist alles besessen
vom Wunderlaut

Diana Kempff

DIE ROTE Kaffeetasse
ohne Henkel
war mir am liebsten
noch etwas zu zerschlagen
wäre zuviel gewesen

ZWISCHEN DEN Stühlen
Schalen Stanniolpapier
dies alles
wäre noch zu verarbeiten
zu einem Stück
Leben

Ulrich Koch

Wo der Zug nicht hält

Sicherstes Zeichen
für Behausung: gesicherte
Türen. Anteilnahme am Eigenen,
die Bereitschaft,
darüber zu schweigen.
Eure Zimmer, eingerichtet mit allem,
worüber man sprechen kann,
früher oder später
bewohnen wir sie.

Antoine Doinel zieht ein Mädchen
in den Hauseingang und
küßt sie küßt sie
wild. Man kann heute schon sehen,
wer morgen zum Essen kommt,
sagen sie. Dann kam der Russe,
sagt Onkel Hans.
Ein Russe. Ganz allein.

Einmal sah ich den Rücken einer Frau
wie einen Bogen Papier, vollgeschrieben
bis über den Rand.

Wo der Zug nicht hält,
stand ich früher,
fahre heute vorbei.

Ulrich Koch

Ihr!

Soll es immer so weitergehn mit euch?
Tags lauft ihr euch die Haxen ab, nachts
liegt ihr wie zwei feuchte
Streichhölzer in der Kiste, einer schnarcht,
der andere atmet wie ein Staubsauger,
und wer wach bleibt, liegt daneben,
wie einer, der sich irrt.

Ein glühender Fön über der Badewanne
ist fast schon eine Zärtlichkeit
und nach zehn Jahren seht ihr aus,
als hättet ihr Phimose im Gesicht.
Soll es immer so weitergehn? Nein.

Eines Tages, wenn ihr euch noch liebt,
und einmal ist es soweit,
werdet ihr nebeneinander liegen
und das Bett ist uns viel zu breit.
Dann liegen wir und erzähln uns

Geschichten, Geschichten,
mitten aus dem Leben
gerissen.

Ulrich Koch

Stilleben

Ein Glas Wasser
auf dem Nachttisch,
eine Vase.

Strohhalm und Rose,
höfliche Menschen,
verneigen sich voreinander.

Ulrich Koch

Baum

Oben Blätter.
Links Blätter.
Rechts Blätter.
Unten keine.

Alfred Kolleritsch

Natur bei sich

Du sagtest »Herzblatt«,
ich sagte »Herzbaum«,

so wuchsen wir
zusammen
und lebten
die Jahreszeiten,
aber die Lust der Wiesen
geriet uns nicht.

Schnee und Gras
nahmen wir hin,
sie waren die Auferstehung
ins Versöhnen.

Fremd ist das
den Erzählern,
Blatt und Baum
lassen sich nicht
überführen ins Erinnern,
in das Hand-in-Hand-Sein,
ablegen
in die Baum- und Blattgeschichte.

Wir ritzten ein Zeichen ein
und schämten uns,
daß es blieb.

Tautologie

Mit jedem Satz, verklemmt in die Zeile,
eingefault in die Schrift,
ist mitgenannt, daß wir
allein sind auf der Halde.

Alfred Kolleritsch

Zwei Wege

Wasser geteilt in zwei Ströme,
zerschnitten
für den Saum hindurch,
für die Berührung getrennt,
das Ungewisseste,
von zwei Organen geliebt,
ineinandergefaltet,
auseinandergerissen
für so wenig dazwischen,
für den Doppelkopf,
für das Klärende und Verwirrende,

zwei Hände grabend links und rechts,
Tag und Nacht, ohne Gegensatz,
aber zwei Lungen atmen,
zwei Ufer entlang,
Wasser und Eis,
übers Erfahren und das Erfahren,
zwei Wurzeln gehören der Erde,
zwei Rosen dazu, zwei streitende Namen,
schmerzhaft beisammen, verfeindet,
zwei Vögel fernwärts
zum sich Entziehenden hin,
jenseits der getrenntesten Berge
»hinüberzugehen und wiederzukehren«.
Eins doppelt gespiegelt,
mit gesenktem Mut und doppelgehörnt
sprengt eine Sehnsucht die Tage,
und die Luft glüht vor Haß,
und er ordnet,
als sei nichts geschehen,

als heilte *ein* Kraut den Alltag.
Und in beiden Ecken der Tod.
Zwei Wege, mehr nicht.

Alfred Kolleritsch

Das Innere der Dinge

Die Welt, der überragende Blick
hat das Licht
aufgebraucht.

Die Dinge sind nennbar geblieben,
geteilte Schatten,
dem Zusammenhang der Stimmen
geopfert, vorausgesagt
für das vorgeschriebene Glück.

Was blühte und wuchs,
was sich herbewegte,
blüht und wächst nicht mehr.
Fortgedrängt in die Außenwelt,
verschwand die Zeit,
zu der beides gehörte.

Der Handel mit den Namen dafür
versorgt Rückfall und Zorn,
gewalttätige Trauern sucht im *Geschehenen*
den Verlust am Ort,
der kein Ort ist.

Das Neue sucht eine andere Zeit,
nicht uns.

Alfred Kolleritsch

Für Zoe

Auf dem Hügel warst du,
an einem Sommertag,
ringsum wies alles über sich fort,
woher Licht und Wind strömten,

Apfelbäume, überladen mit Wachstum,
standen am Abhang, eine Katze war es,
die dir glich, du lagst im Gras,
wohlvorbereitet war dein Rücken,
er hob sich für unsere Lust,

auch das Maisfeld hielt zu uns,
sein Grün machte den Himmel blau,
und der Blumenduft ließ dich duften,

die Worte waren verflogen,
was uns umschloß, war unsehbar nahe,
greifbar in dir als erster Gedanke,
als leerer, der uns zurückhielt
und forttrug.

Alfred Kolleritsch

Vorrang des Blühens

Das Sagenmüssen,
das dem Apfelbaum
die Blüten treibt,
ist die Angst,
den Gärten zu begegnen,
den grauen Reihen,
Jahr für Jahr.

In den Augen
quillt die Zunge auf,
es lockt ein Wort,
es schneidet Trennung
in das große Schauen,

dem vorausgeblüht
das Blühen war,
weitvoraus und so
zurückgekehrt,
von dort her
liebt einen die Erfahrung,

für sie losgeworfen
steht jemand selbst im Blühen,
ist sein Duft, betroffen
und bis ins Schweigen
überhäuft damit.

Daß der Garten
auch das ganze Leben ist?
So grausam anders,
als alles andere ist,
und gleich?

Alfred Kolleritsch

MEINEN EINFÄLLEN vertraue ich nicht.
Früher einmal saß man
mit eingebrochenem Brustkorb da,
es fing zu bellen an: ein heißer Zorn,
eine Wehleidigkeit
mit großen, abstehenden Ohren.

Jetzt
suche ich Spuren,
zertretenes Laub,
einen Menschen, der Fehler hat,
der mich quält,
der, wenn ich komme,
den zerbrochenen Deckel einer Dose klebt
und nicht aufsieht.

Freilich,
ich gewöhne mich nicht daran,
ich merke,
daß ich keine Gewohnheiten habe.
Das Innere von früher war geborgt,
draußen sind die Dinge verteilt,
irgendwer schüttet Poesie aus,
eine verschenkte Gelegenheit.

Ich sage zu mir:
die schweren Augendeckel waren dir lieber,
das Finden reizvoller
als das Suchen,
das gefundene Fressen
angenehmer als der Hunger.

Alfred Kolleritsch

WIR SIND diesmal von keiner Reise zurückgekehrt,
wir waren auch nicht hier,
wir saßen wohl in Zimmern,
der Beliebigkeit von Büchern,
Platten und Briefen ausgeliefert,
schweigend,
benetzt von Sendungen,
Trickfilmen,
Anrufen,
einer fragte mich:
»Was halten Sie von der Sprache?«

Wir, die den Weg aufgeben,
beschreibbarere Wege suchen,
die verbliebenen Tage
in Kalendern verpacken:
für spätere, sinnlose Beweise
und Vorwürfe,
für Kettenbildungen
über stockende Flüsse.

Wir beide,
mit Schlinggewächsen ins Fremde,
von uns selbst verspottet
als Einsame,
die in den Tagen danach
arbeiten,
zeichnen,
an Sätzen würgen,
tonlos im Schrei,
der die Stimme
unserer Geschichte erstickt.

WENN MAN schreibt,
gehen die Türen nicht zu,
eine Frage klebt an der anderen,
eine Befürchtung
stülpt sich aus der nächsten.

So dringt die Harmonie ein,
wie Eis, das durch Stahl wächst,
und man spürt das warme Rieseln
ringsum.

Dann schmerzen die Augen,
dann zerbricht man das Liebste,
dann ist die Güte ein Würgegriff,
dann schreibt man ins Leere
oder sagt:
»Nur bis an den Rand eines Herzens«

Man sagt es dir,
vor der man nur eine Hand hat,
sich zu verbergen.

Alfred Kolleritsch

ES GIBT Tage, an denen die Dinge
die Namen der Dinge sind,
Schriftzüge,
unter den Himmel geschrieben:
aufgeboten von den Erzählern.

Eine Fahne aus Eis herrscht,
das andere Gesicht des Todes,
das Gesetz.

Du bist dann fort.
An diesem Abschied gemessen,
zeigt sich kein Maß.

WAS BLEIBT,
zugleich: mit mir und meinem Licht,
ist ohne Rand.

Wie Mozarts Söhne
nehmen diese Dinge nur noch teil.

So festgewachsen
schätzt das Auge
seine Räume ab:
kein Strahl läuft mehr
der Sonne nach.

Nachgemacht ist die Welt.
Tot sind die Meister.

Alfred Kolleritsch

Welterzeugung

Ein Paar Schuhe blieb von dir zurück.
(Die Täuschung, die das Bleiben nennt!)

Was jetzt nicht ist, sind diese Schuhe,
als Rest, ein Kommendes, vielleicht.

Ihr Leder fängt die Leere ein,
als sei der Raum herum erfüllt,
getrennt von ihnen: die Schuhe
zeigen die Leere und verlassen sie.

Die Schleife weiter ist der Abschied,
ein Gehen dorthin, wo er bezwungen ist.

Wie schnell das eine das andere braucht,
(als löschte eine Ebene den Schmerz
der anderen. Nein: der Gott)

und das anstelle deines Fußes.

Alfred Kolleritsch

Verirrt

Das Gedicht war im Haus,
in der Vermengung der Räume
dachte es, es erfand dich dort,
wo ich abwesend war,
verbannt in Sträucher
und Bäume,
in die maßlose Vielheit
der Wälder.

Alfred Kolleritsch

Unwiederholbar

Die schönsten Tage
(manche Tage sind schön)
vor der Heumahd, als ließe
Todesfurcht die Blumen
leuchtender blühen,
waren zwischendurch für uns
lebbar, losgerissene Fetzen,
hochgeweht, heil
und von sich selbst betroffen,
unrückführbar ins Bedrohliche,
entflohenes Glück, eingeschleppte
Schritte eines Augenblicks.

Du im Gras schäumtest aus,
der Atemzug hinein in die Wolken,
es war die Bewegung, das
Vermischen der Körper,
dich berauschte die Wiederholung,
der Wettkampf ohne Sieger,
zwei für einen Ort.

Es lief ohne Ende aus. Eine Katze
schaute vom Baum her, kleine
grüne Äpfel fingen zu reifen an,
wir trugen einander fort
in Gewisses, voneinander getrennt,
lange hörten wir
das Knirschen unserer Schritte.

Ursula Krechel

Topfdeckel, Hutschnur und Schere

Binde eine Hutschnur um einen Topfdeckel
so du eine hast.

Binde einen Topfdeckel an eine Schere
daß es schön klappert.

Winde eine Schere um den Topfdeckel
es geht nicht.

Winde eine Hutschnur um das Scherenblatt
es geht so lala.

Säbele den Topfdeckel entzwei
es geht nicht.

Geh mit Schere, Topfdeckel, Hutschnur hinaus
es geht. Auch bei Regen.

Mach dir dein eigenes Gedicht
daß es schön klappert.

Ursula Krechel

Es ist erst drei Tage her

Ambivalenz im schönen Monat Lenz
gedeiht der Mai noch, wenn es schneit
wo brennt's? brennt es an diesem Ort?
so weit der Weg, so breit das Tal
am besten Blütenreigen steigen
es steigert auch die Ambivalenz
die Sachen selbst sind schon verpennt
es rennt der Bienenzüchter zu seinem Korb
die Bienen fliegen um sein Ohr
zuweilen lacht sich krank und schlapp
wer keine Ohren hat, ambivalent zum
schlappen Mund, der rund, der rund
wie selten nur das Ohr zuvor
der Lenz war da, schon ist er fort.

Michael Krüger

Grille

Den ganzen Tag lang hab ich
nichts getan, Papier bekritzelt,
in die Luft gestarrt, den Wörtern
nachgestellt, die nach langem Ausflug
wieder heimisch werden wollten.
Ein Duft von frischem Holz
hat mir das Haus ersetzt, ein wenig
windschief sah es aus für den,
der Häuser baut, die der Vernunft
gehorchen. Die Vögel sonderten es ab
mit klarer Zeichnung und bauten
Nester in die Fugen unterm Dach.
Verwöhntes Spiel, verwildertes Talent,
das sich ein schweres Gitter
stellte vor die Welt. Nun ist es
still. Ein letztes Wort, dem Abend
abgerungen, huscht übern Tisch,
von kleinen Tieren sanft befördert.
Im Ohr das Wachs. Es dichtet.

Michael Krüger

Nachts, unter Bäumen

Bäume, in loser Reihung
raumscheu verteilt
auf dem sich neigenden Hang.
Ein Stern schon abgekauft
dem mächtigen Schädel der Nacht,
ihn brachte das Käuzchen.
Die Worte bleiben dir treu,
während es in dich einströmt,
keins verrät sich und dich.
Erst am Ende der Nacht,
verbracht unter Bäumen,
klärt sich dein eignes Beginnen,
weil die Antwort verschont bleibt
vom Fragen.

Michael Krüger

Bei klarem Wetter

Am Morgen öffnet sich endlich der Horizont
und gibt den Blick frei auf die dösende Sonne.
Die alten Götterverzeichnisse kennen einen,
der steht für die Vermehrung des Glücks
mit unredlichen Mitteln: auch ich lasse mich
von ihm leiten, gehe sorglos ihm nach
über die eben erwachten Gräser, vorbei
am Totenstroh, der Heimat der grünen Käfer.
Bei klarem Wetter erzählen sich Geschichten
von selber. Geh mit dem Wind, dem letzten
Erzähler, der dir nichts zu sagen hat.

Michael Krüger

Wettervorhersage

Irgendwann wird der Schnee
sich auflösen in der Schmelze
und zum Gießbach werden,
der die dunklen Flüsse aufhellt
auf ihrem bewachten Weg
zum Meer. Irgendwann
werden die Wolken hochgehen
und die Bühne freigeben
für die bittenden Augen.
Irgendwann werden wir wieder
im Freien sitzen
an den frisch gebeizten Tischen
und die Bücher lesen,
die im Winterschlaf lagen.
Also komm bitte bald,
denn so wie es aussieht,
wird es irgendwann wieder
schneien.

Michael Krüger

Brief des Dichters

… und dann setzte ich mich hin
und schrieb mir die Wärme aus den Fingern,
den Ballast an Liebe, die freundlichen Nachrufe
auf das Menschengeschlecht, den sanften Druck
auf die Kehle, damit die Worte weich werden
vor dem Geständnis. Einer schaute zu,
den ich kannte. Ich sah, daß ihm die Tränen
wie Klumpen aus den Augen fielen.
Alle Türen standen offen. Und die Diebe,
die hier jedes herrenlose Wort aufgreifen,
wurden verlegen und begannen zu dichten.
Am Abend herrschte Eiszeit, wie versprochen,
und der, den ich kannte, war schon auf und davor
den langmütigen Himmel zu trösten.

Ewa Lipska

Hier arbeite ich

Hier arbeite ich. Im Osten Europas.
Umgeben von Hunden. Klein und unansehnlich.
Von Menschen traurig oder betrunken.
Oder tragisch wie bei Strindberg.
Auf dem Schreibtisch eine Dose Lyrik.
Ein Handschuh. Briefe. Im Fenster Tinte.
Mitten im Zimmer ein Lehnstuhl
aus dem Grab des Tutenchamon.
Das Papier atmet noch
aber schwer. Mit Nitroglyzerin.
Meine Zeit. Mein Leib. Mein Leben.
Alles zum einmaligen Gebrauch
so wie ein Papierkleid oder eine Papierserviette.
Gewiß ist allein der Schatten in der Zimmerecke.
Ein schwarzes Taxi das
seit Jahren größer wird.

Dichter? Verbrecher? Verrückter?

Er denkt sich die Welt aus vom Anfang bis zum Ende.
Eine bleiche Papierprovinz wo er rosarote Taten züchtet.
Hat Angst vor der Vorstellungskraft
vor der Wüste die ihm Augen und Mund verschüttet.
Als er sich ein Hochwasser vorstellte
überschwemmte das Wasser die Stadt.
Er liebte den Dichter und Waffenhändler.
Las nächtelang seine Gedichte.
»Illuminations« »Une Saison en enfer«.
Stirbt zusammen mit ihm.
Für kurz allerdings nur.
Rundherum verdunstet die Wirklichkeit.
Auf den Wiesen wachsen Särge.
Anstelle des Waldes eine Waldperücke.
Anstelle der Luft Rauchorchideen.
Als Naturliebhaber
pflegt er den Fluß im Waschbecken.
Meidet den Leuchtturm
der ihm mit Signalen wahrsagt.
Stirbt ein zweites Mal
an einem Anfall von Freiheit.
Dann noch einmal
sucht er Rettung in der Sprache
die wie alle lebenden Arten
bereit ist zu Grausamkeit und Verrat.
Es weckt ihn das Geschrei der Vergangenheit.
Niemand weiß über ihn irgend etwas.
Beim Durchgang durch das Becken der Kindheit
hat er offenbar eine Viper gebissen.

Peter Horst Neumann

Alte Schreibmaschine

Der Schlitten stockt,
die letzte Zeile halb,
auf einen Punkt
geschlagen alle Zeichen.

Mein Großer Brockhaus,
meine ungeschriebnen Bücher.

All mein Gedanken,
die ich nicht mehr hab:
ein schwarzes Loch, im Schnee,
als wär's Papier.

Peter Horst Neumann

Ein Wort ein Finger

Ein Wort ein Finger,
ein Satz eine Hand,
nicht enden will
die Berührung.

Ein Haus aus Worten,
wir hatten es uns gebaut,
nun prüften wir
seine Bewohnbarkeit.

Kein Tag ohne Gottesbeweise.

Ljubomir Nikolov

Im Museum eines Poeten

Wo sind die Blaupausen
der Sterne?

Wo ist das Logbuch
der See?
Und wo die Biographie
der wilden Heckenrose?

Das Gedicht ist ein Fuchs.

Mit dem Schwanz verwischt es
seine eigene Spur.

Problem-Song

Warum sind die Latrinen so traurig?
Warum sind die Latwergen so alt?
Warum gibt es in Latium Zwerge?
Warum sind die Laternen nicht kalt?

Wenn ich alle Probleme bestände,
wär der Posten des Quizmasters frei,
hätten längst schon die Menschen acht Hände,
doch so haben sie alle nur drei.

Warum lehrt man den Hänfling Triolen?
Warum malt man den Häuptling nicht an?
Warum legt man den Häftling auf Kohlen?
Warum hetzt man die Häsin und wann?

Wenn ich alle die Antworten wüßte,
hieß ich längst schon Salomon Zwei,
hätten längst die Libellen schon Brüste,
außer jene der Mongolei.

Warum spielt man mit Kegeln nur Kegel?
Warum paukt man die Regeldetri?
Warum braucht man zum Segeln oft Segel?
Warum haut man den Flegel aufs Knie?

Wenn ich all die Wässerchen klärte,
wär die Zeit des Fischens vorbei,
hätten längst alle Kinder schon Bärte
voll Linsen und gestrigem Brei.

Andreas Okopenko

Warum dichtet ein Dichter Gedichte?
Warum malt nicht der Musiker Blech?
Warum richtet kein Richter Gerichte?
Warum ist jeder Qualtinger frech?

Wenn ich all das Verkniffene kniffe,
wären längst alle Kneifer entzwei,
hätten alle Mädchen längst Griffe
und am Bauch ein blaues Geweih.

Andreas Okopenko

Aus höchster Gesellschaft

Es war einmal eine Queen,
die sang stets God Save the Spleen
und sang nie God Save the Mind,
drum hatte sie manchen Feind.

Es war einmal eine Prinzeß,
die hielt Richard Wagner für Jazz
und fuhr jedes Jahr nach Bayreuth;
doch hat sie es selten bereut.

Es war einmal ein Infant,
der hielt die Infantin instand.
Da warf sie ihn zärtlich vom Thron
und holte die Inquisition.

Es war einmal ein Zarewitsch,
der reimte sich nur auf Zarewitsch.
Der Metropolit aber sprach:
Er reimt auf sich selbst! Welche Schmach!

Es war einmal ein Fürst Otto,
der setzte sich selber ins Lotto.
Er verschmähte sich selbst als Gewinn
und verfiel einer Fleischhauerin.

Es war einmal ein Schah,
dem trat die Presse zu nah.
Da verbot er das Lesen und Schreiben
und durfte sich wieder beweiben.

Andreas Okopenko

Es war einmal ein Khan,
der kaufte den Vatikan
aus Nüssen und Zuckerglasur
und speiste ihn nachts um drei Uhr.

Es kommt einmal ein Satrap,
der schafft alle Spleendichter ab.
Weil niemand dem Scheusal entflieht,
beend ich schon heute mein Lied.

Andreas Okopenko

Zerstreuung einer Sorge?

Kein Grund zur Besorgnis;
Gedichten gings immer so.

Kein Grund zur Unbesorgnis;
die Ausrottung der Lyrik wird heute mit der
Wissenschaftlichkeit des Mondflugs betrieben.

Klaus Reichert

Gedichte

unverhofft wie ein Windstoß, es
wehte ja nichts, und
ebenso rasch
schon vorbei

wie das Feuer
um das auf der Brücke ein Fremder dich bittet,
so daß du einen Augenblick
ihn erkennst

wie was am Fenster
als es noch Winter gab
anschoß
als Blume

wie wenn du im Stolpern
den Bruchteil einer Sekunde
erstarrst
und nicht mehr von dieser Welt bist

wie der nicht im Traum
erwartete
Druck deiner Hand
unterm Tisch

und der, der dir von hinten
ins Ohr geigt
und spricht:
Es ist Zeit.

Becketts Kiesel

Ich hab keine Kiesel
in den Taschen wie Beckett, wenn ihn
die Lust zum Lutschen überfällt.
Doch hätt ich welche, hätt ich keine
Bedenken, sie wahllos zu lutschen:
mir ginge es nicht um Zahl, Bezeichnung,
Zirkulation; auch nicht um eine Methode
der größeren Gerechtigkeit:
Kiesel sind rund, glatt, bald körperwarm,
geben ein angenehmes Geräusch von sich,
wenn sie einander berühren; Kiesel
sind keine Individuen, weinen nicht,
machen keine Revolution,
sind zweckmäßig und austauschbar.
Es gibt elegante und handfeste
Lösungen: Beckett hat sie alle
ausprobiert. Er hat einen Text geschrieben
über angenommene Kiesel
in angenommenen Taschen
mit einer angenommenen Gerechtigkeit;
ich aber will etwas Reales,
das sich auch zum Lutschen eignet:
einen Strohhalm, einen Hemdzipfel,
einen Daumen, eine Warze;
oder eben einen wirklichen Kiesel,
als Begleiter, Ballast, Geschoß:
den kann ich auch lutschen
oder schlucken oder herschenken,
mir immer der Folgen bewußt,
oder einfach vergessen.

E. A. Richter

Reimlos

Nichts reimt sich,
gottseidank. Oder
es reimt sich so leicht,
ein Kinderspiel,
Nonsens-Zeilen vorm Einschlafen.
Wort für Wort
fall ich auf die Wahrheit hinein.
Und die Wirklichkeit saust vorbei,
und mein Leben bleibt unverdaut.
Beharrlich massier ich
meinen sauren Magen,
Nur in den blassen Träumen
gibt es ein Kind,
das meine Utopie rekonstruiert.
Ich beweg meine Arme und Beine
wie Satzglieder: jetzt
drücken sie mich aus.

ICH MÖCHTE ja nicht klagen. In der Stadt
des Nordens ging ich, statt des Mantels
trug ich graues Regenrieseln, schaute
groß und streng: Da lief die Welt vorüber.

Was ich auch verdiene, ich gebs aus. Naß
ist jetzt das Fell der Gegend, zwischen
Wiesen läuft die Straße, heimwärts leuch-
tet schon die Sonne, morgen geh ich fort.

Peter Rosei

ICH HAB mein Lied geschrieben, schwarz auf
weiß stehts vor mir

Schau ich aus dem Fenster, sehe ich, was ist;
wie groß es ist

Thomas Rosenlöcher

Der Mensch

Er sitze auf der Bank vor seiner Laube,
den Regenbogen Häuptlings hingestellt.
Mit Laub und Äpfeln rings bestückt die Bäume,
Gänseblümchengezwitscher tief im Gras.

Indes der Wurm des umgebrochnen Beetes
den Kopf erhebt und stumm herüberblickt.
Sich fragend, ob der Mensch denn ewig lebe.
Silberne Tropfen falln ins Wasserfaß.

Evelyn Schlag

Halbes Landleben

Wir sind gute Nachbarn versetzen nachts
keine Pfähle und am Morgen warte ich
daß du mir den gläsernen First verdunkelst
sonstwie starke Schultern machst über dem Blaß
aber laß uns nie hintereinander gähnen wie
im Aberglauben man sich heimlich verliebt
und jeder Schnee eine Verabredung ist

Evelyn Schlag

Dritte Bombennacht

Mit einer Stimme so sanft
als hauche sie ihrem Kind
die letzten störenden Bilder
vor dem Schlaf weg sagte
CNN's Christiane Amanpour
live aus Bagdad, *uuuuuh,*
wwwow, that was a big one.

Julian Schutting

Pfingstrosen

Was wäre in euch, leere Blätter,
zurückgeblieben von der
aus der Ewigkeit gerissenen Zeit,
Stilleben ihr
des zerfallenen Glaubens,
bloß in Äußerlichkeiten
werde sich verändern,
was im Innersten unwandelbar sei –
auch in euch,
wie Federn auf die Erde gefallen,
der Flammenkern erloschen
der nicht mehr unsere Sprache sprechenden
Feuer- und Wasserzungen,
Verlassenschaft ihr leere Schalen
der unter einem Pfingstwunderkuß
in Mitleidenschaft
auseinandergefallenen Blätter!

Julian Schutting

Nachtgespräch

Wie dich anrufen
nach so langer Herztotenstille,
wenn nicht an einen
aufgeklarten Nachthimmel getreten,
aufschauend in die Nacht
wie zu deinem Fenster,
im Dahinirren über fremde Sterne
auf der Suche nach unserem Stern!

wie nach so langer Fehlverbindung
eines Nachts
dich anrufen in Verstörung,
wenn nicht in dem Glauben,
in banger Erwartung deiner Stimme
(und der ihr verbundenen
Erderschütterung durch mich hindurch)
zu unserem Mond aufzuschauen,
wäre von ihm verstärkte
Herzsignale
in dein Fenster zu senden!

wie mit meiner Stimme mich melden,
deines Mir-entgegen-Horchens
aus der zwischen uns
liegenden Nacht gewiß,
wenn mein Herz immer lauter
Berg- und SeenotZeichen blinkt
in der Hoffnung
auf ein rettendes »ach!«,
das, weil auch dein Blick
an einem Stern sich festhalten müsse,
vom Himmel herab

mir zufließen werde,
Mondlicht,
auflösend und auslöschend
die Himmels- und Erdverschüttung!

Julian Schutting

Sätze

Sprache der Liebe auch das,
was in Mitteilungssätzen
Umgangssprache spricht
und daher von den anderen
als Sprache der Liebe
nicht zu erkennen ist:
auch sie gebrauchen dergleichen,
bei dir wiederholt
dich von neuem beflügelnde Sätze,
indem sie nicht-liebend
nichts anderes sagen,
als was solche Sätze,
lieblos gebraucht
zu keinem Flügelschlagen begabt,
für alle Tage bedeuten –

nur in der Sprache der Liebe,
bedürftig nach dem Mitbeben
des unscheinbarsten Wortes,
ein Alltagssprache-Satz wie
»morgen gehen wir in die Stadt«
die Erprobung und Benennung
eines lichten Schauers,
nur als Rohübersetzung der in vielen
Zeichen und Zungen redenden Liebe
in eine so liebesbedürftig
wie liebesselig
auch in der Sprache aller
heimlich von Liebe zu sprechen
befähigte Sprache
solch ein
»morgen gehen wir in die Stadt«-Satz

das Entzücken an der ihn umschließenden
und von ihm umschlossenen Ungeduld,
welche, an ihm sich mäßigend
und zugleich ihr Steigen steigernd
in eine Aussicht,
schöner als vom Morgenmond auf die Stadt,
das Wunder der
von solcher Verheißung
verklärten Gassen
in der von der Muttersprache
verhüllten
Fremdsprache und Privatsprache Liebe
vor anderen
auf ein Faktum zurückgenommen
lobpreist

Jausenstation

Schau!, und deutest dorthin, wo inmitten vieler Überkleider
mein Trenchcoat und dein Anorak in kleiner Umarmung
beisammenlehnen, ähnlich wie wir am Tisch –

durch den Schnee sind wir getrennt heraufgewatet,
haben eins dem andern vor der Hüttentür bloß den Schnee
von den Schultern geschüttelt,
aber die Seelenlage
Tag und Nacht Einander-zugeneigt-Seins
ist in den zweien sichtbar geworden:
nicht wäre angesichts ihrer halben Umarmung
in ihnen hinterlassener Körperhaltung
inmitten der vielen, die schlapp dahängen,
das Unsere zu leugnen, Übereinstimmung auch
in den zweierlei Farben,
aufgehellt ich an deiner grünen Seite!

ja, wie aus diesen nichtsterblichen Hüllen
sollten wir uns einmal aus uns davongestohlen haben,
um auch in den dann gestorbenen beisammenzubleiben,
komm, es wird bald dunkel!
die beiden aus unserem Beisammensein aufzuscheuchen,
uns an ihrer Statt durch sie hindurch zu umarmen;
dann rascher Abstieg,
damit auch unsere Wäschestücke
eine Nacht lang beisammenliegen

Julian Schutting

Italien ohne dich

Was immer geschehen wird –
in diesen zwei Tauben, abgestellt am Straßenrand,
werden wir beisammen bleiben,
denn Seite an Seite sind sie so weiß,
daß sie, sooft ein Schatten auf sie fällt,
auseinandergerissen eins werden.
und zusammenbleiben in all den
Brotbrocken und paar Schluck Wein,
nach dem Willen der Abendmahlmaler
vom Abschied übriggeblieben.
und in diesen Nachtschattengarten würden wir finden,
in seine Erkennungszeichen
für die Zeit bald nach uns –
die zwei Katzen,
die aneinander vorbei in die Dämmerung streichen,
wären das Wiedererwachen unserer Erinnerung an uns,
denn ihre Bewegungen scheinen schon jetzt
einander und daher auch uns zu träumen,
im Phlox werden wir uns vermischen
und der Ligustergeruch wird uns
wie Tiefdruckwetter den Schornsteinrauch
in das frische Heu drücken,
das als das Heu deiner und meiner Kindheit
Heu von dem Gras sein wird,
das dann gewachsen ist über die Zeit,
die einer auf den anderen warten mußte.
nur drüben auf dem Campingplatz bleibt die Verstörung,
mit verklebten Augen stolpern die Kinder
über die Zeltschnüre und finden nicht heim –
du hättest auch im Spaß nicht sagen dürfen
»ich wohne im Nabel eines Olivenbaums!«:
wie sollte ich nach diesem Satz

Julian Schutting

im Kindheitsheugeruch dich spüren können,
ohne mit Herzklopfen nach den Ölbäumen mich
umzudrehen

Julian Schutting

Morgengrauen

Wieder einen Tag hat Unglücks-selig
Tagtraumtraurigkeit getagt und sich dann,
als graute nicht jeder Nacht vor einem neuerlichen Morgen,
auf einen neuen Tag vertagt,
damit auch die aus der Traumhaft gestoßene Liebe
in schlaflosem Weiterlieben zu Wort kommt.
und als es dann endlich tagt, das Morgengrauen –
steigt dir auf als das Grauen eines,
den sie sogleich in seine letzte Stunde holen kommen,
senkt es sich auf dich herab als einer der Tage,
denen endlich vorbei zu sein allzu lange verwehrt wird,
Rückkehr ins lebenslängliche Lieben-müssen
über die den ewigen Augenblicken abgelaufene Zeit hinaus,
Rückfall ins Grauen in Grau
des Gelebthabens, liebesmüde zu überstehen

Julian Schutting

Vor deinem Jugendbild

Mich siehst du an
und hast es nicht gewußt
Blick, den erwidernd
ich Liebe fühle lang vor dem ersten Blick
Blick, in den versenkend mich
ich wecken muß, was nicht mir gilt
Blick, in den versunken ich
ich dir entgegenwache,
bis unser erster Tag mich weckt
Blick, in dem versinkend ich
ich Jahre Jahre bleiben will,
bis all die Zeit vor unserer Zeit
aus ihm gegangen ist
Blick, aus dem auftauchend ich
ich dir entgegenschaue,
damit dein lachendes Gesicht
die Wehmut ungeteilter Jahre tilgt
Blick, in den zurückgekehrt
ich einen Blick lang meine Liebe finde –
von einem Automaten nicht erwidert,
ist er ein Fernglasblick,
damit er zwanzig Jahre später
auf mich und in mich trifft

mich siehst du an,
als hättest du gewußt

James Schuyler

Oktober

Bücher liegen auf dem Bett herum,
Blätter auf dem Rasen. Es
regnet leise. Der Herbst ist
gekommen: ungemustert, in
den herabfallenden Blättern.

Der Ahorn wird reif. Äpfel
werden heimgebracht, knackig in Säcken.
Diese Birne schmeckt gut.
Es regnet leise auf die
Zufallsmuster der Blätter.

Die Regenwolke ist über
unserer Insel ausgebreitet. Regen
prasselt leise auf un-
gefallene Blätter. Die Bücher
des Herbstes liegen auf dem Bett herum.

James Schuyler

Leintücher

Ist das der Moment?
Nein, noch nicht.
Wann ist der
Moment?
Vielleicht gibt es
keinen.
Muß ich weitermachen?

Heute morgen habe ich
das Bettzeug gewechselt.
Mittags habe ich zugeschaut,
wie jemand das Tischtuch
ausgeschüttelt, gefaltet
und auf einem Servier-
tisch verstaut hat. Dann der
Moment der Zigarette.
Jetzt fließt dieser
Moment aus mir heraus
die Feder hinunter und
schreibt.

Ich bin froh, daß ich
frische Leintücher habe.

Jan Skácel

Alles gegen uns

Alles wovon wir in der Kindheit träumten
und auch das
was niemand sich hätte träumen lassen

Und auch die Schönheit
die wir zumindest aus dem Augenwinkel erhaschten
aber auch die
an der wir blind vorübergingen

Selbst die Liebe

Selbst die Liebe wird gegen uns verwendet
der Sarg aus Glas
die Erdbeere die erste in diesem Jahr
die Herbstrose unseres Uneingedenkens

Und alles Gestrige das kein Übermorgen kennt

Abends

Der Tag ist am Sterben
und die Schwalben kehren zu den Nestern heim
Der Wind hat den Seidenhimmel
zerschlissen und Gott
hat sich im Gras auf den Rücken gelegt

Die Ebereschen lassen Blut
und das Gleichgewicht des abendlichen Augenblicks
steht lotrecht wie im Brunnen das Wasser
auf dem ein Halm treibt

Und alles was uns zuletzt noch an Ewigem bleibt
ist zur Gänze in uns
und weitab von den Zufahrtstafeln Richtung Autobahn

Jan Skácel

Hinter geschlossenen Augen

Zu den leisen Vorzügen des Alters gehört's
und wäre auch die Welt schwarz wie die Nacht
inwendig zu schauen und die Augen
zu schließen und dennoch zu sehen

Versuch's doch Es ist gar nicht so schwer
Versuch mal Angst zu haben wie ein Kind
die schlimme Angst ringsum zu vergessen
und an die schöne Angst dich zu erinnern

Weihnacht für Erwachsene

Mit kindlicher Freude werden wir uns die Hände wärmen
wir werden lächeln und sagen
Weihnacht ist da
derweil der Frost mit weißem Faden all das Abgetragne
säumen wird
das ausgefranst ist in den langen Jahren

Ein wenig werden wir heiter sein
und ein wenig werden wir trauern
und ein wenig belustigt sein über uns selbst
und die Stille wird ihre zehn Finger ausstrecken
nach unsern Gesichtern
und wird herunterfrieren in die menschenleeren Straßen

Und die warmen Arme der Weihnachtsbäumchen
werden zu den Fenstern drängen wenn die Kinderlosen
nach dem Abendessen noch spazieren gehn
und sich bei den Händen halten
und einer des andern Kind ist

Und jeder von den beiden
wird der Erwachsene sein wollen
und sich um den andern kümmern
denn draußen ist's eisglatt
und drinnen ist Weihnacht

Jan Skácel

Brücke

Ein Vogel im Flug sein Bogen
bleibt überm Wasser gespannt
wie eine Brücke wie ein Wunder
traurige Menschen halten sich daran

Auf der Brücke die den Schmerz
wie ein schönes Pfauenauge überwölbt
schreiten sie weiter bis dorthin
wo keinerlei Trauer die Traurigen quält

Der dessen Trauer nicht berechtigt war
darf sich nicht auf diese Brücke wagen
unter seinen Schritten wird das Lied verstummen
und die Brücke würde brechen unter ihm

Und wieder Vögel die vorüberfliegen
so wie im Traum die Menschen eine Brücke überqueren
die zurückblieb Bruchstück eines Flügels
und ein blaues Wunder überm Wasser

Kleine Liebes-Organologie

Ein Adamsapfel oft betört,
Wogegen Akne eher stört.

Drängt Brust an Brust sich in Ekstase,
Inkommodiert die volle Blase.

Auf Cutis stossen zarte Täter
Sehr bald, auf den Charakter später.

Man kennt des Dünn- und Dickdarms Sinn,
Ungleiches gilt vom Doppelkinn.

Verweigert seinen Sprung das Ei,
Misslingt Empfängnis auch im Mai.

Das Fleisch ist schuld am Sündenfall,
Das Fett dämpft den Zusammenprall.

Es beugt das Glied, das abwärts weist,
Sich dem Gehirn, dem Widergeist.

Das Herz verkraftet Stoss und Stich,
Die Hoden tun sehr zimperlich.

Intimbereiche sind dem Laien
Fast fremder noch als Innereien.

Auf Jungfernhaut, hört man oft schelten,
Trifft manch ein Jochen nur noch selten.

Das Kreuzbein hüpft, das Zwerchfell schreit,
Der Kopf sagt sich: Es ist soweit.

Markus Werner

Im Liebesfall nur ist zu nippen
An Labien, zu deutsch auch Lippen.

Der Mund wird oft zum Liebesgrund,
Die Mandeln stehn verkannt im Schlund.

Aufreizend ist der Nase Burg,
Die Nieren sieht nur der Chirurg.

Das Ohr küsst man bei Kerzenlicht,
Den Oberkieferknochen nicht.

Der postmoderne Penis ist
Pausbackenbunt und Optimist.

Es kommt, wenn sich ein Querkopf paart,
Zu Quetschungen besondrer Art.

Die Rippen pflegen nur zu splittern,
Wenn Rümpfe sich zu stark zerknittern.

Der Seelen Einklang ist ein Fest,
Schwellkörper sorgen für den Rest.

Umstritten ist der Ausdruck »Titten«,
Die Titten selbst sind wohlgelitten.

Das Urogenitalsystem
Ist ohne Ulcus doppelt scheen.

Ermatten Vorhofkammerklappen,
Klappt der Verkehr nur in Etappen.

Die Wade schmückt, die Wimper ziert,
Der Wurmfortsatz wird abserviert.

Markus Werner

X Glieder können uns umstricken,
X-Beine auch, obwohl sie knicken.

Es scheint ein Ypsilon-Organ
Nicht vorgesehn ym Schöpfungsplan.

Die Zunge gilt als Freudenquell,
Der Zahn der Zeit nicht speziell.

Juliane Windhager

Mohn von Putna

Von Putna der Mohn
deckt die
Lust des Wojwoden
zu seiner
Wojwodin zu
ihre Stein-Epitaphe
im Kerzenwald
und den geborstenen
Mantel der Siege
von gestern.
Unsterblicher Mohn
schlägt über den
Türmen von Putna
zusammen
rot weiß
und geflammt.

Das Öffnen des Deltas

Alles kommt in neue Gefäße, manchmal friert es wie die
Sprache
in den Gedanken, erstarrt, kommt zur Ruhe, birst dann,
geht,
überläßt den Raum. Das ist das einzige Gesetz. Das Licht

füllt sich mit Wasser, und der Ozean überflutet die Städte,
die Menschen wie die Zukunft. Der innere Blick streift über
die Gesichter, auch wenn wir wach schlafen, zurückgekehrt

in etwas Größeres, stumm am Übergang. Kommen dann
zwei
Augen wirklich ins Gleichgewicht, bleibt das für immer so.
Der Engel nimmt seine Maske ab, verliert sein Fernsein.

Bis zur Grenze ist noch Nacht, doch über dem Meer läßt
sich
das Licht schon ahnen. Das Delta öffnet sich. Im Feuer
erblüht
eine Blume, und das ungeborene findet ein Bett für sein
Erwachen.

Uroš Zupan

Beim Verlassen des Hauses, in dem wir uns liebten

Ich muß schreiben, jetzt, solange ich noch hier bin. Ich
sehe – das stumme
Grüßen der Räume, die ihr Leben verlieren. Es scheint
ein langsames
Ableben zu sein. Als gliche das Haus einem Menschen,
der vom Leben

Abschied nimmt. Seine Organe verlieren langsam ihre
Funktionen.
Nach und nach werden sie unbrauchbar. Manchmal er
wecke ich sie wieder
zum Leben. Gebe ihnen ihren alten Glanz wieder – ich
belebe die

sterbenden Räume beim Abwaschen des Geschirrs, beim
Absaugen der
Teppiche, beim Abwischen des Staubs, der sich auf den
Büchern
angesammelt hat. Wem käme in den Sinn, daß ein
Dichter, um sich zu

beruhigen, so etwas tut? Auf der Küchenuhr ist es fünf
nach zwei.
Du hast sie gestellt, und die Zeiger stehen immer noch
dort. Sie ist weder
zu schnell noch zu spät dran für jedwede Veränderung.
Alles in ihr ist

zum Stillstand gekommen, und alles wird in ihr geborgen bleiben.
Für andere kann ich kein Urteil abgeben, aber ich kann sagen, was dieser
bestimmte Zeitpunkt birgt - deinen Körper, in einem kurzen, schwarzen

Rock auf Zehenspitzen, und die Uhr, dic du, im Licht des beginnenden
Sommernachmittags, im Duft der milden Juliluft, nach dem Zeitplan deines
Lebens stellen wolltest. Ich habe sie nie aufgezogen. Ich wollte nicht,

daß sie meine, unsere Zeitlosigkeit stört. Die hier immer noch fortwährt,
in diesem Herbst, in diesem einzigen warmen, lebendigen Raum, in
dem ich mich von einer Lüge besiedeln lasse, die mir noch immer die Süße

einer Dauer verheißt, die sich an den Nachmittagen einen Augenblick lang
der Agonie weich entwindet und sie einer beruhigenden Benommenheit
überläßt. Ich muß das Haus, in dem wir uns liebten, in dem ich den

Nachhall deiner Schritte wahrnahm, in dem mich die
Zärtlichkeit deiner
Stimme wusch, verlassen. Der Baum draußen hat in einer
einzigen
Nacht alle Blätter abgeworfen. Ich werde nie alle meine
Erinnerungen

abwerfen können. Die Schrammen auf dem Rücken sind
schon verheilt,
doch der Klang deines Lachens hallt noch immer in meinen
Ohren, und die
Gegenstände, die du mir geschenkt hast, rühren immer
noch beharrlich

an meine Augen. Kein großes Gedicht und keine voll
kommene Harmonie:
lieber schweigen und in der Stille schweben, wenn du
dich der
vollkommenen Harmonie näherst. Dann sind keine
Worte vonnöten.

Jetzt gehe ich hinaus. Vielleicht enthüllt mir die Sprache
des November-
winds noch ein Geheimnis, das mir bisher verborgen war,
vielleicht gelingt
das der Gestalt Cesare Paveses, dem ich zur Zeit beharrlich
folge. Laibach,

Turin, alles ist eins, wenn man allein ist. Mein einziges
Leben ist die
Dichtung; und je mehr sie gewinnt, desto mehr verliere ich.

BioBibliographische Angaben

Die zwei Aphorismen von Wallace Stevens auf Seite 5, die diesem Buch als Geleitwort dienen, sind entnommen:

Wallace Stevens, Adagia
Aus dem Amerikanischen von Karin Graf und Joachim Sartorius. 1992 Residenz Verlag, Salzburg und Wien

Friedrich Achleitner

geboren 1930 in Schalchen (Oberösterreich), Schriftsteller und Architekturhistoriker. Mitglied der Wiener Gruppe. Lebt in Wien.

KAAAS. Dialektgedichte
1991 Residenz Verlag, Salzburg und Wien; © Friedrich Achleitner

wos na ge
waon i
koa aonung

Dimitri Analis

geboren 1938 in Athen, studierte Rechte und Politische Wissenschaften. Publizierte zunächst auf Griechisch, bald aber und dann ausschließlich auf Französisch.

Land für sich. Gedichte
Aus dem Französischen von Peter Handke. 1999 Residenz Verlag, Salzburg und Wien

Der Schlaf: Stunden, Säkula, sich kreuzend
Seefahrt
Der Traum und seine Instrumente

H. C. Artmann

geboren 1921 in Wien, gestorben 2000 ebenda. Mitglied der Wiener Gruppe. Ehrendoktor der Universität Salzburg.

Aus meiner Botanisiertrommel. Balladen und Naturgedichte
© 1975 Residenz Verlag, Salzburg und Wien

wenn fantômas mit schrägen schatten

herr artmann
mylady
ganz versteckt in wildem wein

gedichte von der wollust des dichtens in worte gefaßt
© 1989 Residenz Verlag, Salzburg und Wien

in die tiefe seines bauches
graz
limerick

orient und akzident oder morgen und auch abendlandel
ich im abc verbandel

aus: **Von A bis Zett. Elf Alphabete, ausgedacht und schön in Form und Reim gebracht**
1990 Residenz Verlag, Salzburg und Wien; © 1975 Residenz Verlag, Salzburg und Wien

John Ashbery

geboren 1927 in Rochester, N.Y., studierte Anglistik und französische Literatur. Kunstkritiker. Lebt in New York und Hudson-upon-Hudson.

Hotel Lautréamont. Gedichte
Aus dem Amerikanischen von Erwin Einzinger. 1995 Residenz Verlag, Salzburg und Wien; © John Ashbery

Lichterlöschen
Hotel Lautréamont
Rohes Bild

Und es blitzten die Sterne. Gedichte
Aus dem Amerikanischen von Erwin Einzinger. 1997 Residenz Verlag, Salzburg und Wien; © John Ashbery

Geisterreiter auf dem Mond
Eiscreme in Amerika
Manchmal Irgendwo

Wolfgang Bauer

geboren 1941 in Graz, wo er auch heute lebt. Dramatiker. Verfasser von Hörspielen, Fernsehspielen, Erzählungen.

Das Herz. Gedichte
1981 Residenz Verlag, Salzburg und Wien; © Wolfgang Bauer

Flucht in die Reinheit

RUDOLF BAYR

geboren 1919 in Linz, gestorben 1990 in Salzburg. Leiter der Abteilung Kultur und Wissenschaft beim ORF, 1975–84 Intendant des Landesstudios Salzburg. Theaterstücke, Prosa, Übertragungen aus dem Griechischen.

Der Wolkenfisch. Gedichte
1964 Residenz Verlag, Salzburg; © RA Prof. Dr. Friedrich Harrer

Die Liebende

Flugsand und Schlaf. Gedichte
1988 Residenz Verlag, Salzburg und Wien; © RA Prof. Dr. Friedrich Harrer

Die zerbrochenen Verse
Damals schon hat es sich angekündigt

DIETER BERDEL

geboren 1939 in Kittsee (Burgenland), studierte Industriedesign an der Hochschule für angewandte Kunst in Wien. Lebt in Wien.

mia wean mia. Gedichta
1995 Residenz Verlag, Salzburg und Wien; © Dieter Berdel

mia wean mia
da grossfoda

ELIZABETH BISHOP

geb. 1911 in Worchester, Massachusetts, gest. 1979 in Boston. Von 1971 bis 1979 Dozentin für englische Literatur an der Harvard University.

Die Farben des Kartographen. Gedichte
Ausgewählt und übertragen von Margitt Lehbert. Mit einem Nachwort von Evelyn Schlag; © der deutschsprachigen Ausgabe 2001 Residenz Verlag, Salzburg – Wien – Frankfurt; © 1983 Alice Helen Methfessal, by arrangement with Farrar, Straus and Giroux, LLC, New York

Casabianca
Der Ungläubige
Der Fisch
Tankstelle

GERHARD BOLAENDER

geboren 1957. Studium der Germanisitk und der Politischen Wissenschaften. Lebt in Frankfurt am Main.

Jazzstimmen. Gedichte
1991 Residenz Verlag, Salzburg und Wien

Alfabet
Die alten Filme

WLADIMIR BURITSCH

geboren 1932 in Charkow. Absolvent des Lehrgangs für Journalistik an der Universität Moskau. Lebt in Moskau.

Texte – in freien Versen
Aus dem Russischen von Felix Philipp Ingold. 1992 Residenz Verlag, Salzburg und Wien

Wozu umarmen
Nachts warf ich einen Blick zu mir ins Fenster

WILLIAM CARPENTER

geboren und aufgewachsen in New England, Studium in Dartmouth und an der Universität Minnesota.

Regen. Gedichte
Aus dem Amerikanischen von Erwin Einzinger. 1990 Residenz Verlag, Salzburg und Wien; © William Carpenter

Unterbrochene Verbindung

Mit Feuerzungen. Gedichte
Aus dem Amerikanischen von Erwin Einzinger. 1995 Residenz Verlag, Salzburg und Wien; © William Carpenter

Drei Annäherungsweisen an das Unergründliche
Schriftsteller und Kritiker
Mann mit Geheimnis

Robert Creeley

geboren 1926 in Arlington, Massachusetts, lebt heute in Buffalo, New York.

Gedichte
Aus dem Amerikanischen von Klaus Reichert. 1988 Residenz Verlag, Salzburg und Wien

Die ehrlosen Briefträger
Ich kenne einen
Wie es heißt
Die Sprache
Einweg
© Robert Creeley, aus *The Collected Poems of Robert Creeley*, University of California Press
Es klopft
© Robert Creeley, aus *Memory Gardens*, New Direction Publishing Corp., New York

Fenster. Neue Gedichte
Aus dem Amerikanischen von Klaus Reichert. 1997 Residenz Verlag, Salzburg und Wien; © Robert Creeley

Echo

Franz Josef Czernin

geboren 1952 in Wien. Veröffentlicht seit 1978 Prosa, Lyrik, Essays, Theaterstücke und Aphorismen.

Die Reisen
In achtzig Gedichten um die ganze Welt. 1987 Residenz Verlag, Salzburg und Wien

im labyrinth

Uwe Dick

geboren 1942 in Schongau am Lech, lebt als Satz und Gartenbauer im Dreiländereck am Böhmerwald oder auf Reisen.

des blickes tagnacht. Gedichte 1969–2001
Mit einem Essay von Gerald Stieg; © 2002 Residenz Verlag, Salzburg – Wien – Frankfurt

Landschaft (aus: Das niemals vertagte Leben. 13 Widmungen)
Canis litteratus (aus: Das niemals vertagte Leben. 13 Widmungen)
Erinnerungen steigen auf (aus: Theriak. 13 Fügungen)
Ich bin das Herz der Welt (aus: Theriak. 13 Fügungen)
Hab im Dünenschutt (aus: Ansichtskarten aus Wales. Erfahrungstexte)

Michael Donhauser

geboren 1956 in Vaduz (Liechtenstein), studierte Deutsch und Französisch.

Dich noch und. Liebes- und Lobgedichte
1991 Residenz Verlag, Salzburg und Wien; © Michael Donhauser

Begegnung
Auf der Baumgartner Höhe
Für Martina K.

Das neue Leben. 78 Dreizeiler
1994 Residenz Verlag, Salzburg und Wien; © Michael Donhauser

Umsonst das Wehen

Carol Ann Duffy

geboren 1955 in Glasgow. Lebt als freie Schriftstellerin in London. Veröffentlicht seit 1982 Lyrikbände.

Die Bauchrednerpuppe. Gedichte
Aus dem Englischen von Margitt Lehbert. 1996 Residenz Verlag, Salzburg und Wien; © Carol Ann Duffy

Talent
Worte, weite Nacht

Hans Eichhorn

geboren 1956 in Vöcklabruck (Oberösterreich), lebt als Berufsfischer am Attersee.

Das Zimmer als voller Bauch. Gedichte
1993 Residenz Verlag, Salzburg und Wien; © Hans Eichhorn

Liebeserklärung
Novembersonne

Neben dem Minifernseher
Musik
Du stehst vor der Haustür
Immerzu auf der Lauer

Petruskomplex. Gedichte
1998 Residenz Verlag, Salzburg und Wien; © Hans Eichhorn
Das abgelaufene Leben darf nicht

Erwin Einzinger

geboren 1953 in Kirchdorf (Oberösterreich). Studium der Anglistik und Germanistik. Lebt in Micheldorf (Oberösterreich).

Tiere, Wolken, Rache. Gedichte
1986 Residenz Verlag, Salzburg und Wien; © Erwin Einzinger

Der ganze Aufwand
Abstände
Epilog

Kleiner Wink in die Richtung, in die jetzt auch das Messer zeigt. Gedichte
1994 Residenz Verlag, Salzburg und Wien; © Erwin Einzinger

Die verwitwete Schwiegertochter des einstigen
Kapitäns des Kanonenboots
Das Hauberl macht die Mode

Elke Erb

geboren 1938 in Scherbach/Eifel, 1949 Übersiedlung in die DDR. Seit 1966 freischaffende Schriftstellerin. Gedichte und Prosa.

Kastanienallee. Texte und Kommentare
1988 Residenz Verlag, Salzburg und Wien; © Elke Erb

Amt in T.

Tess Gallagher

geboren 1943 in Port Angeles. Schreibt Lyrik, Kurzgeschichten und Essays. War mit dem Schriftsteller Raymond Carver verheiratet. Mitarbeit an Robert Altmanns Film »Short Cuts«.

Die Umarmung. Gedichte
Aus dem Amerikanischen von Renata Cinti-Gehrmann. 1996 Residenz Verlag, Salzburg und Wien; © Tess Gallagher

Mond überquert Brücke
Ich höre auf, das Gedicht zu schreiben

Paavo Haavikko

geboren 1931 in Helsinki. Leitet seit Anfang der achtziger Jahre seinen eigenen Verlag »Art House«. Schreibt seit 1951 Lyrik, Aphorismen, Prosa, Theaterstücke und Drehbücher.

Herbstland. Gedichte aus den Jahren 1987–1990 in der Auswahl des Autors
Aus dem Finnischen übertragen von Gisbert Jänicke. 1991 Residenz Verlag, Salzburg und Wien; © Paavo Haavikko

Fluchend fang ich das Gedicht an
Hier. Gerade
Das Leben wird dem Ende zu recht spannend
In jungen Jahren. Ist Alkohol

Gedichte! Gedichte
Aus dem Finnischen von Gisbert Jänicke. 1997 Residenz Verlag, Salzburg und Wien; © Paavo Haavikko

Ein grausamer Ort, die grausamsten Orte
Als wäre der Tod eine Frau
Gedichte. Gedichte!
Apokalyptisches Gedicht No 20

Jakob Haringer

geboren 1898 in Dresden, gestorben 1948 in Zürich. Ließ sich nach 1930 in Salzburg nieder. Die Nationalsozialisten verbrannten seine Bücher. 1938 Flucht in die Schweiz. Dort zeitweise interniert (Zuchthaus, Irrenanstalt).

Aber des Herzens verbrannte Mühle tröstet ein Vers. Ausgewählte Lyrik, Prosa und Briefe
© 1988 Residenz Verlag, Salzburg und Wien

Der Dichter
Resignation

Peter Henisch

geboren 1943 in Wien, lebt in Wien und Umgebung. Erzählungen, Romane, Gedichte.

Hamlet, Hiob, Heine. Gedichte
© 1989 Residenz Verlag, Salzburg und Wien

Es gibt einen Mörder vom kalten Gang
In den Schrebergärten

Ernst Herbeck

(Pseudonym: Alexander), geboren 1920 in Stockerau (Niederösterreich). War 45 Jahre lang Patient in der Niederösterreichischen Landesnervenklinik Gugging, wo er 1991 starb.

Im Herbst da reiht der Feenwind. Gesammelte Texte 1960–1991
Hg. Leo Navratil. © 1992 Residenz Verlag, Salzburg und Wien

Patient und Dichter
Über die Sprache
Die Wahrheit
Die Vergangenheit

Gustav Januš

geboren 1939 in Zee/Sele (Kärnten). Maler und Schriftsteller, lebt in Freißnitz/Breszina (Kärnten).

Wenn ich das Wort überschreite. Gedichte
Aus dem Slowenischen von Peter Handke. © 1988 Residenz Verlag, Salzburg und Wien

Mit den Blütenblättern auf der Hand

Mitten im Satz. Gedichte
Aus dem Slowenischen von Peter Handke. © 1991 Residenz Verlag, Salzburg und Wien

Vom Körperrand
Lange Sätze im Schweigen

Der Kreis ist jetzt mein Fenster. Gedichte
Aus dem Slowenischen von Peter Handke. © 1998 Residenz Verlag, Salzburg und Wien

Durchs Winterzweigwerk schweigt
Ins Grab der Sprache bin ich getreten

Roberto Juarroz

geboren 1925 in Coronel Dorrego, Provinz Buenos Aires, gestorben 1995 in Buenos Aires. Lyriker und Essayist.

Dreizehnte Vertikale Poesie / Decimotercera Poesía Vertical.
Gedichte / Poemas
Aus dem argentinischen Spanisch und mit einem Nachwort von Tobias Burghardt. 1997 Residenz Verlag, Salzburg und Wien; © Roberto Juarroz

Dreizehnte Vertikale Poesie (6)
Dreizehnte Vertikale Poesie (26)
Dreizehnte Vertikale Poesie (42)
Dreizehnte Vertikale Poesie (75)

Ernst Kein

geboren 1928 in Wien, gestorben 1085 ebenda. Erzählungen, Hörspiele, Glossen, Aphorismen, Dialektgedichte.

Weana Schbrüch
1990 Residenz Verlag, Salzburg und Wien; © Erna Lehky

Es gibt
Des is aa wos

Diana Kempff

geboren 1945 in Thurnau (Oberfranken), lebt in Ammerland am Starnberger See.

Herzzeit. Gedichte
1983 Residenz Verlag, Salzburg und Wien; © Diana Kempff

Die rote Kaffeetasse
Zwischen den Stühlen

Die fünfte Jahreszeit. Gedichte
1995 Residenz Verlag, Salzburg und Wien; © Diana Kempff

Sieh

Ulrich Koch

geboren 1966 in Winsen/Luhe, lebt in Hamburg.

Weiß ich. Gedichte
1995 Residenz Verlag, Salzburg und Wien; © Ulrich Koch

Wo der Zug nicht hält
Ihr!

Auf mir, auf dir. Gedichte
1998 Residenz Verlag, Salzburg und Wien; © Ulrich Koch

Stilleben
Baum

Alfred Kolleritsch

geboren 1931 in Brunnsee (Steiermark). Studium der Philosophie, Geschichte und Germanistik. Herausgeber der Literaturzeitschrift »manuskripte«. Lebt in Graz.

Einübung in das Vermeidbare. Gedichte
1978 Residenz Verlag, Salzburg und Wien; © Literaturverlag Droschl

Meinen Einfällen vertraue ich nicht
Wir sind diesmal von keiner Reise zurückgekehrt
Wenn man schreibt

Im Vorfeld der Augen. Gedichte
1982 Residenz Verlag, Salzburg und Wien; © Literaturverlag Droschl

Es gibt Tage, an denen Dinge
Was bleibt

Absturz ins Glück. Gedichte
1983 Residenz Verlag, Salzburg und Wien; © Literaturverlag Droschl

Das Innere der Dinge

Augenlust. Gedichte
1986 Residenz Verlag, Salzburg und Wien; © Literaturverlag Droschl

Welterzeugung

Gegenwege. Gedichte
1991 Residenz Verlag, Salzburg und Wien; © Literaturverlag Droschl

Für Zoe
Vorrang des Blühens

Zwei Wege, mehr nicht. Gedichte
1993 Residenz Verlag, Salzburg und Wien; © Literaturverlag Droschl

Natur bei sich
Tautologie
Zwei Wege

In den Tälern der Welt. Gedichte
1999 Residenz Verlag, Salzburg und Wien; © Literaturverlag Droschl

Verirrt
Unwiederholbar

Ursula Krechel

geboren 1947 in Trier. Studium der Germanistik, Theaterwissenschaft und Kunstgeschichte. Lehrtätigkeit an verschiedenen Universitäten. Lebt in Berlin.

Kakaoblau. Gedichte für Erwachsende
1989 Residenz Verlag, Salzburg und Wien; © Ursula Krechel

Topfdeckel, Hutschnur und Schere

Verbeugungen vor der Luft. Gedichte
1999 Residenz Verlag, Salzburg und Wien; ©

Es ist erst drei Tage her

Michael Krüger

geboren 1943 in Wittgendorf, Kreis Zeitz, Verleger, lebt in München.

Brief nach Hause. Gedichte
© 1993 Residenz Verlag, Salzburg und Wien

Bei klarem Wetter

Nachts, unter Bäumen. Gedichte
© 1996 Residenz Verlag, Salzburg und Wien

Grille
Nachts, unter Bäumen

Wettervorhersage. Gedichte
© 1998 Residenz Verlag, Salzburg und Wien

Wettervorhersage
Brief des Dichters

EWA LIPSKA

geboren 1945 in Krakau, wo sie auch heute lebt. Studierte an der Akademie der schönen Künste in ihrer Heimatstadt. Direktorin des polnischen Kulturinstituts in Wien.

Meine Zeit. Mein Leib. Mein Leben. Gedichte
Aus dem Polnischen und mit einem Nachwort von Alois Woldan. © 1990 Residenz Verlag, Salzburg und Wien

Hier arbeite ich
Dichter? Verbrecher? Verrückter?

PETER HORST NEUMANN

geboren 1936 in Neisse (Oberschlesien). Professor für Neuere deutsche Literatur. Lebt in Nürnberg.

Pfingsten in Babylon. Gedichte
1996 Residenz Verlag, Salzburg und Wien; © Rimbaud Verlag

Alte Schreibmaschine
Ein Wort ein Finger

LJUBOMIR NIKOLOV

geboren 1954 in Kirjaewo, im Nordwesten Bulgariens. Studienabschluß am Institut für Journalistik an der Universität Sofia. Lebt seit 1990 in den USA.

Nur ein Steinwurf vom Diesseits das Jenseits. Gedichte
Aus dem Bulgarischen von Michael Basse. 1993 Residenz Verlag, Salzburg und Wien; ©

Im Museum eines Poeten

Andreas Okopenko

geboren 1930 in Kaschau (Slowakei). Studium der Chemie an der Universität Wien. Seit 1968 freier Schriftsteller. Lebt in Wien.

Warum sind die Latrinen so traurig? Spleengesänge
1969 Residenz Verlag, Salzburg und Wien; © Andreas Okopenko

Problem-Song
Aus höchster Gesellschaft

Orte wechselnden Unbehagens. Gedichte
1971 Residenz Verlag, Salzburg und Wien; © Andreas Okopenko

Zerstreuung einer Sorge?

Klaus Reichert

geboren 1938, Essayist, Übersetzer, Herausgeber u. a. von H. C. Artmann und Virginia Woolf. Lebt in Frankfurt.

Kehllaute. Gedichte
© 1992 Residenz Verlag, Salzburg und Wien

Gedichte

E. A. Richter

geboren 1941 in Tulbing (Niederösterreich). Studium der Germanistik und Geschichte in Wien, wo er auch lebt.

Friede den Männern. Gedichte
1982 Residenz Verlag, Salzburg und Wien; © E. A. Richter

Becketts Kiesel
Reimlos

Peter Rosei

geboren 1946 in Wien, Studium der Rechtswissenschaften, Erzähler, Essayist, Hörspielautor, Dramatiker und Übersetzer. Lebt in Wien.

Regentagstheorie. 59 Gedichte
1979 Residenz Verlag, Salzburg und Wien; © Peter Rosei

Ich möchte ja nicht klagen

Das Lächeln des Jungen. 59 Gedichte
1979 Residenz Verlag, Salzburg und Wien; © Peter Rosei

Ich hab mein Lied geschrieben

THOMAS ROSENLÖCHER

geboren 1947 in Dresden. Lehre als Handelskaufmann, Studium der Betriebswissenschaften an der Technischen Universität Dresden und Literaturstudium in Leipzig. Seit 1982 freischaffender Autor.

Schneebier. Gedichte
1988 Residenz Verlag, Salzburg und Wien; © Suhrkamp Verlag, Frankfurt 1998 (aus: Ich sitze in Sachsen und schau in den Schnee.)

Der Mensch

EVELYN SCHLAG

geboren 1952 in Waidhofen/Ybbs, wo sie auch heute lebt. Studium der Germanistik und Anglistik.

Das Talent meiner Frau. Gedichte
© 1999 Residenz Verlag, Salzburg und Wien

Halbes Landleben
Dritte Bombennacht

JULIAN SCHUTTING

geboren 1937 im Amstetten (Niederösterreich). Studium der Geschichte und Germanistik. Lebt in Wien.

Liebesgedichte
© 1982 Residenz Verlag, Salzburg und Wien

Italien ohne dich
Morgengrauen
Vor deinem Jugendbild

Traumreden. Gedichte
© 1987 Residenz Verlag, Salzburg und Wien

Pfingstrosen
Nachtgespräch
Sätze

Das Eisherz sprengen. Gedichte

Jausenstation

JAMES SCHUYLER

1923–91, war Mitglied der Academy of American Poets. Lebte in New York.

Hymne an das Leben. Gedichte
Aus dem Amerikanischen von Erwin Einzinger. 1991 Residenz Verlag, Salzburg und Wien; © 1988 by James Schuyler

Oktober
Leintücher

JAN SKÁCEL

geboren 1922 in Vnorovy, Südmähren, gestorben 1989 in Brünn. War Literaturredakteur beim Tschechoslowakischen Rundfunk.

Und nochmals die Liebe. Gedichte
Aus dem Tschechischen von Felix Philipp Ingold. 1993 Residenz Verlag, Salzburg und Wien; © Božena Skácelová

Alles gegen uns
Abends
Hinter geschlossenen Augen
Weihnacht für Erwachsene

Ein Wind mit Namen Jaromir – und andere Gedichte
Aus dem Tschechischen von Felix Philipp Ingold. 1991 Residenz Verlag, Salzburg und Wien; © Božena Skácelová

Brücke

MARKUS WERNER

geboren 1944 im Eschlikon, Thurgau. Romanautor. Lebt in Schaffhausen.

Kleine Liebes-Organologie

aus: **Von A bis Zett. Elf Alphabete, ausgedacht und schön in Form und Reim gebracht**
1990 Residenz Verlag, Salzburg und Wien; © Markus Werner

Juliane Windhager

geboren 1912 in Bad Ischl (Oberösterreich). Gestorben 1986 in Salzburg. Schrieb Lyrik, Romane, Erzählungen und Hörspiele.

Schnee-Erwartung. Gedichte
1979 Residenz Verlag, Salzburg und Wien; © Uta Sigl

Mohn von Putna

Uroš Zupan

geboren 1963, aufgewachsen in der slowenischen Industriestadt Trbovlje, lebt als Autor und Übersetzer in Ljubljana.

Beim Verlassen des Hauses, in dem wir uns liebten. Gedichte
Aus dem Slowenischen von Fabjan Hafner. 2000 Residenz Verlag, Salzburg und Wien; © Uroš Zupan

Das Öffnen des Deltas
Beim Verlassen des Hauses, in dem wir uns liebten

Editorischer Hinweis

Wir haben uns bemüht, alle Copyright-Inhaber ausfindig zu machen und aufzuführen. Für etwaige fehlerhafte oder unterlassene Nennungen bitten wir um Nachsicht.

Inhalt